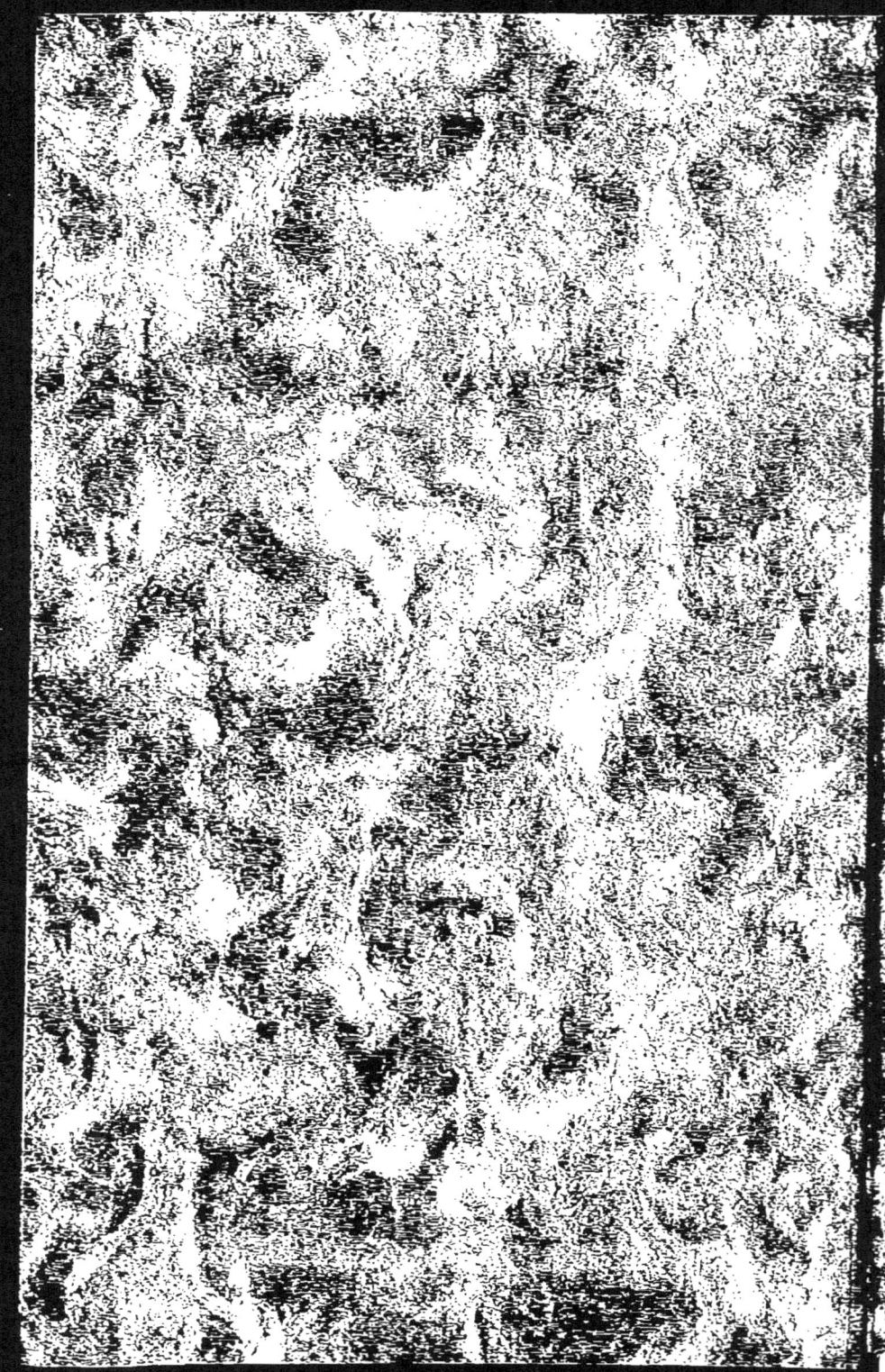

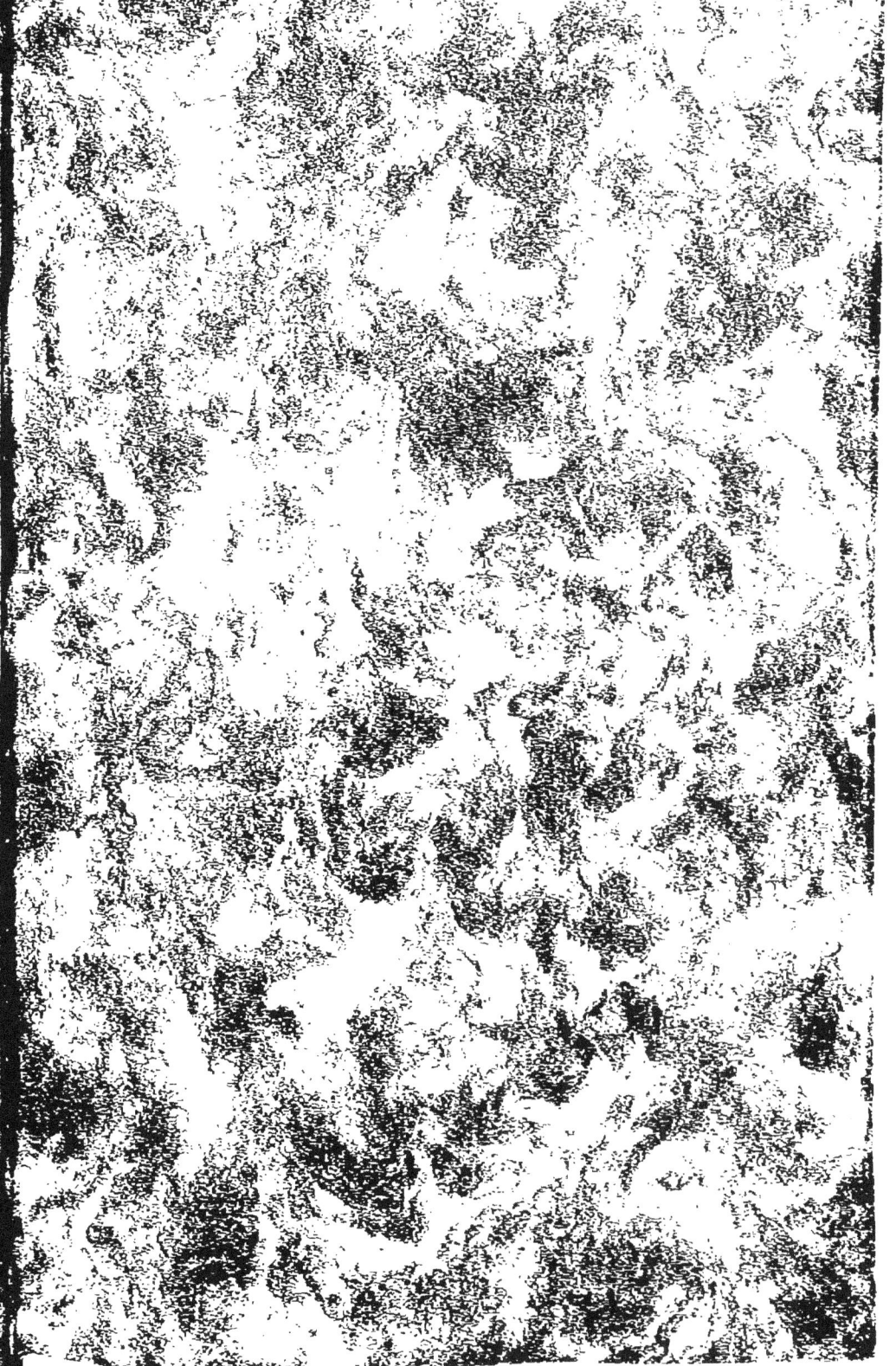

Reliure Nouvelle
1980

SÉBASTIEN VOIROL

Augurales et Talismans

CHAGOUHÉRAN — LE CHÉRIF ET L'ENCHANTEMENT
LA DAME DU MONDE — LA SAMPANE DE L'AURORE

PARIS

COLLECTION ŒUVRES ET JOURS

EUGÈNE FIGUIÈRE & Cie, ÉDITEURS

7, rue Corneille

—

MCMX

Augurales et Talismans

DU MÊME AUTEUR :

POUR PARAITRE A LA BIBLIOTHÈQUE DES XII

SÉBASTIEN VOIROL

Augurales et Talismans

CHAGOUHERAN — LE CHÉRIF ET L'ENCHANTEMENT
LA DAME DU MONDE — LA SAMPANE DE L'AURORE

PARIS

COLLECTION ŒUVRES ET JOURS NC

EUGÈNE FIGUIÈRE & Cie, ÉDITEURS

7, rue Corneille

MCMX

IL A ÉTÉ TIRÉ DE CET OUVRAGE

Quinze exemplaires sur Hollande van Gelder

NUMÉROTÉS DE I A 15 ET PARAPHÉS

PAR L'AUTEUR

———

JUSTIFICATION DU TIRAGE

A RACHILDE

SON AMI

S. V.

Chagouheran

Les dernières flammeroles venaient de s'enlever,
fuyant devant une fumée lourde et fauve que rabat-
tait la brise de mer. Des cendres, une poussière
d'argile, couvraient le foyer éteint. Pieds nus, les
porteurs d'eau qui arrivaient toujours, la paume
serrant le col de l'outre regorgeante, osaient à peine
s'en approcher. Les voisins, inquiets, montraient
les coins propices où répandre l'eau, tandis que
des curieux ayant rompu les barrières nocturnes
éloignées fendaient les groupes des femmes aux
lamentations bruyantes. La voie principale sur
laquelle s'ouvraient les portes d'entrée et les boutiques était remplie de gens ; d'aucuns, pressés de
tous côtés, tentaient déjà de gagner par le passage,
œuvre du feu, la ruelle où stationnaient des gardes
noirs, hautains et silencieux. Celle-ci longeait l'épais
mur blanc du palais où vivait fastueux le fatimite

1.

El-Qayem, puissant khalife de Mahadieh l'invaincue.

Les rayons du soleil balayèrent ces rues, allant de l'est à l'ouest, frôlèrent les murs ivoirins, rugueux, étincelèrent sur les terrasses couvertes d'habitants oisifs. Les décombres fumeux apparaissaient. Mais de biais la grande lumière y frappait seule une pierre milliaire ancienne sur laquelle la maison détruite s'était appuyée. Des caractères romains mi-effacés s'y distinguaient, léchés de noir :

... VSQVE...

... OPPID...

... APHRODISIVM...

Un homme vêtu du manteau africain la regardait. Puis, courbé en deux, il reprit sa besogne, ramassant des objets épargnés par l'incendie. C'était le propriétaire, Mourad Aly, fils de Saïd, commerçant. Il était grand et svelte. Deux pointes courtes, qui terminaient sa barbe brillante, révélaient sa jeunesse. Les ailes saillantes d'un nez droit ravivaient son visage tranquille. Entassant sur un coffre des marchandises humides, l'homme éprouvé supputait sa perte.

Les cotons blancs des Indes avaient disparu, et les lambeaux des caftans d'Almérie traînaient sur des cendres sales ; consumés aussi les filoselles et les tissus de Mossoul. Tout près, pourtant, des samits de l'île d'Andros, des brocarts, des pièces d'étoffe écarlate de Tolède étaient restés intacts. Enfin, sous un monceau de braies inondé, il découvrit les soies de Perse, deux chemises bordées d'or fin, un manteau parfumé de musc, doublé de petit-gris, sortant de la fabrique d'Égypte.

A ces recherches lentes la foule s'émotionnait. Des exclamations s'entre-heurtaient dans l'air. Des hommes, consolateurs, venaient vers Mourad ; ils surveillaient leurs pas comme dans la chambre d'un malade, et répétaient sur un ton affecté : « Que le Mauvais soit banni ! Que le Mauvais soit banni ! » D'autres, tout en se félicitant de n'être pas frappés d'une calamité pareille, lui criaient de loin : « Aux patients d'Allah la clémence ! » afin de le rasséréner. Au milieu d'eux les enfants, survenus avec le jour, cachaient mal leur mécontentement en voyant le désastre enrayé.

Des rangs refoulés une voix sénile, pitoyable, solennelle, partit : « Tant que la coupe n'est pas vidée, on n'y laisse pas tomber des pleurs. » Un vacarme éclatant l'interrompit. « Dibil ! Mère de chiens ! Femme à bâton sans être aveugle ! Que

n'es-tu sous un toit ? » C'était une vieille enhail-
lonnée dont le bâton maladroit avait failli renverser
une matrone.

Mourad distrait leva la tête. Une femme jeune,
le visage découvert, masquait la vue du groupe
querelleur. Sans cesser de le regarder, amusée du
tapage, elle souriait de ses lèvres ouvertes sur une
denture polie. En allant poser une poignée de
feutres du Maghreb sur le tas de marchandises, il se
trouva près d'elle et cette inconnue hardie lui parla :
« Comme les sauvages, dont dix vocifèrent et un
écoute, sont tous ces paresseux ! Mais toi, bien que
tu saches que le feu ne fait pas germer le blé là où
il vient de dévorer le bois, tu ne te laisses pas arrêter. On croirait te voir chercher la pierre merveil-
leuse dont la possession rend maître des splen-
deurs ! Les récits légendaires ne disent-ils pas que
Chagouheran se cache sous des cendres ? Qui sait,
qui sait ? Tes mains semblent adroites où d'autres,
engourdies, hésiteraient. Tes yeux sont clairs,
malgré la désolation contemplée. Pourquoi le talisman ne serait-il pas à toi ? »

Stupéfait et demeurant sans paroles, Mourad
scruta ce visage régulier et pâle qui exprimait la
force et que le sourire franc illuminait. La femme

alors d'un geste d'orgueil ramena sur son cou les pans du vêtement jaune qui désignait sa descendance de cophte. Puis elle se retourna, laissant dans l'âme du marchand ce qu'elle avait dit et le désir nouveau d'y croire.

* * *

Longtemps le jeune mahadien, irrésolu, avait de loin considéré la vie. Une femme, plus inconsciente que lui, faillit étourdir son âme candide. Elle le séduisit d'abord en osant mépriser les coutumiers ennuis, toutes les fadeurs humaines. Puis peu à peu elle lui prouvait que ce dédain, irréfléchi, ne ménageait rien, ni l'affection, ni la joie, ni l'harmonie de vivre simplement, ni la passion des grands espoirs. Riant d'un souci, elle gémissait sans cause. Mourad, en observant les lois, la répudia. Depuis lors, quinze lunes s'étaient écoulées et il n'avait, pendant ce temps, surpris aucun visage jeune dévoilé sauf celui de Djamilah. Jamais celle-ci ne l'avait quitté. Elle lui ressemblait par l'esprit plus que la sœur ne ressemble au frère. Peut-être était-elle née des mêmes parents. Nul ne le savait. Mais il l'estimait ainsi, se rappelant les ans communs. Nubile, elle fut sollicitée en vain par bien des hommes auxquels les intrigantes arifas avaient peint ses attraits. Aucun ne put offrir son prix. Ils continuaient de vivre sous le vieux toit, sûrs de l'accord solide, que fortifiaient des goûts et des désirs pareils.

Djamilah ressemblait à celui qu'enfant elle avait appelé son frère, à ceci près qu'elle était droite comme la hampe d'un étendard tandis que chez lui la taille ployait légèrement. Elle redressait la tête avec cet air d'assurance qui messied aux petites âmes arrogantes pour charmer doublement chez celles qui pensent et se dirigent. Mais hésitants et tendres lorsqu'ils se croisaient, leurs regards avaient des flamboiements pareils. Les larges prunelles parfois avec étonnement semblaient voir le monde vulgaire.

La sombre sardoine, sous ses longs cils devenait languide chez Djamilah quand une énigme s'y réfugiait. Cependant les choses fatales ne suscitaient en elle aucun tourment.

Mourad la rejoignit dans une de ces demeures communes léguées à tous par des seigneurs vertueux, demeures voisines du khan offrant aux voyageurs ses salles fraîches. Il y conduisit ses marchandises, ses biens, son coffre sauvés. Elle l'accueillit avec joie. Lui, conta le travail accompli. Heureux ensemble d'un malheur mitigé, ils surent oublier les plaintes, l'un faisant part à l'autre des projets nouveaux.

Djamilah, le repas préparé de ses mains, achevé, resta assise près de la table basse. Son regard attentif brillait, attiré vers celui pour qui étaient ses soins. Il lui arrivait de se pencher un peu ; alors, entre le caraco d'étoffe dure et la gorge faite, se creusait une pointe ombrée sous la gaze s'écartant sur une chair plus mate que l'or du visage. Une cordelette de soie noire tressée dans ses cheveux miroitait sous le mouchoir au nœud savant, pareil à une fleur de pivoine sur le point d'éclore.

Mourad, en parlant, la regardait ; mais subitement ce visage lui rappela un autre plus troublant parce que moins connu. Il se souvint d'un sourire différent, d'une différente fierté, de paroles non moins assurées. Deux bandeaux bruns, des yeux froids, mais francs, de bronze martelé, le poursuivaient. Son esprit occupé remémora la cophte et déjà, sans discontinuer, il souhaitait la revoir.

* *

Le souhait formulé garda sa force, demeura comme un vers sibyllin, profond dans l'âme de Mourad, fils de Saïd, quand de nouveau, le lendemain, il s'achemina vers le passage ouvert sur les ruines de sa maison. Mais il n'y pensait pas. Arrivé devant les cendres amoncelées, il écarta deux poutres satinées de noir et commença à ranger les débris. Il s'y prenait avec méthode, en homme que rien ne trouble. Et un instant Chagouheran fut oublié. Un reflet métallique lui rappela la prédiction. Il découvrit une fibule entre les lames d'un coffre écroulé. Alors le scepticisme prit le dessus. Il continua pourtant de remuer l'argile poudreuse avec une penture détachée ; des couleurs ternies chatoyaient au soleil. Les cendres avaient peu souillé quelques foutahs de l'Yémen sous lesquelles il retrouva une poche de cuir, de celles que portent les hommes à droite près la ceinture. Comme il la soulevait, les houppes d'argent tombèrent. Ensuite il y eut encore des cendres, de l'argile, des pierres. Il s'arrêta et son regard erra dans la rue que striaient les ombres des enfants allant aux provisions. Dans un angle éloigné une grande tache blanche brillait et là, soudain, le soleil glissa sur le miel blond d'un ample vêtement féminin. Active, pressée, la cophte se rendait au bazar. Bien qu'elle ralentît le pas, il éprouva une hésitation angoissante à lui parler, à la retenir. Elle souriait, sans embarras, incitatrice hardie: « Tout accident est un conseil précieux ; on dit aussi : ne blâmez et ne vantez qu'après une année et six lunes ! D'autres que toi ont possédé des talismans, que n'aurais-tu Chagouheran? Les légendes des miens sont sûres ; elles promettent tout à ceux qui cherchent et osent, qui avec ferveur désirent et persévèrent. Enlève la poussière, travaille ! »

Elle ne dit pas davantage, s'en fut, souriante. Mourad, songeant au talisman, à elle, peinait.

La cophte, réapparaissant les jours suivants, continuait à l'exhorter ; voyant le terrain net, elle lui dit : « Sois vaillant et affermis ta propre volonté. Les talismans ont des abris de hasard. Fais pour toi une plus solide demeure. » Ainsi Mourad fut nourri d'ardeur. Mais les biens qu'il avait pu sauver ne suffisaient point à l'entreprise nouvelle. Sa conseillère y trouvait vite remède, le persuada de se rendre auprès d'un homme, connu d'elle, Ismaïl le converti, prêteur avisé. Il le trouva dans une échoppe, entouré de rustiques discutant leurs transactions de blé, d'avoine, de fèves. L'entente désirée se fit aisément. Mourad put se mettre à l'œuvre. Avec deux aides habiles, il édifia la maison par lui conçue, plus belle, quoique simple, que celle d'un citadin à l'opulence fameuse. La cophte, insinuante, subtile, le poussait vers le but.

La lune sacrée était venue, et celle de Safar lui avait succédé. Elle était déjà plus étrécie qu'un cimeterre par douze fois affilé, quand Mourad un soir fit monter Djamilah sur la terrasse voisine du khan et lui dit : « Vois, là-bas, la ligne blanche d'une balustrade que le treillage couronne; c'est là notre demeure terminée. »

Le lendemain, ils l'occupèrent. Djamilah, satisfaite, la jugea sans égale. Dans les trois murs de la cour, quatre huis étaient placés harmonieusement. Les chambres, très hautes de plafond, étaient vastes et légèrement assombries, mais dans l'entrée une franche lumière régnait, bien faite pour effrayer les fripons. Dans le coin de la cour un escalier spacieux donnait accès à la terrasse, surélevée afin qu'on pût jouir d'une vue sur les jardins du palais. De là le regard passait par-dessus les maisons voisines, embrassait la ville irrégulière, l'étroite brèche que faisait dans les remparts énormes le goulet du port, la pointe aride battue par les vagues et, au delà, l'horizon variable, infini.

Mourad montrait sans cesse ce qui maintenant le contentait. Djamilah cependant dissimula sa joie.

Et une fois, dans un murmure, elle risqua ces
mots : « La prédiction étrange, le talisman espéré,
n'en as-tu plus souci ? »

* *

Perspicace, Djamilah avait tôt apprécié le pouvoir latent de la cophte et, dans sa confusion secrète,
elle roulait maintes pensées obscures sans les appro-
fondir. Et, insidieusement, elle en vint à interroger
Mourad. Peu défiant devant elle, il répéta les
paroles prometteuses de la passante, son impatience
singulière, et comme elle le pressait maintenant de
reprendre son négoce, de garnir de marchandises
les planches neuves et de s'installer sous l'auvent
relevé. Djamilah répondit, contrariée, qu'elle aimait
mieux sacrifier ses quatre lourds anneaux syriens
que de voir hâte importune semblable. Contenant
à peine son irritation, elle prit à témoin les saints
imams. Puis, à nouveau, elle demanda s'il espérait
encore trouver Chagouheran. Il avoua qu'il n'y pensait plus. Déconcertée, elle insista, s'écriant enfin :
« Le talisman cherché n'est qu'une richesse
indigne ». Mais en silence Mourad se dit que tout
lui était bienfait du ciel et hautement favorable ;
Pourtant, en nulle chose, le bonheur n'apparais-

sait tel que les hommes contents le veulent prétendre. Cherchant en vain la cause, d'instinct il harcela la cophte de ses questions : « Pourquoi ce mécontentement en lui ? Pourquoi aussi ce leurre d'un talisman imaginaire ? — Rien, répondit-elle, fallacieuse, évidemment ne fait le jeu de la fortune elle-même. La richesse bien acquise peut seule tout obtenir. A force de volonté et de travail, les résolus triomphent des heures néfastes. Crois les contes vrais ! »

L'ardeur utile, au lieu de croître, fut ainsi chassée et Djamilah, en femme, en sœur offensée, le devina. L'instant de vouloir et d'agir était venu pour elle aussi.

Depuis qu'ils demeuraient dans la maison nouvelle, la cophte venait parfois vers le déclin du jour les voir, cherchant à plaire aux deux avec audace. Il tardait à Djamilah d'éprouver sa propre puissance, de réduire celle de l'intruse.

Comme ils se trouvaient, un peu avant l'heure du couchant, réunis tous trois sur la terrasse où prompts les jasmins grimpaient sur le treillage, elle essaya la lutte, contant avec lenteur délibérée: « Hier, j'ai fait un rêve étrange. Seule, je courais le monde dans une barquette à rames qui, sur des flots tranquilles, allait de Kaf à Kaf... quand, tout à coup, les entrailles de la terre grondèrent. Et un fracas effroyable fit devant moi surgir une île. Des hommes et des femmes, vêtus comme toi, y allaient et venaient, tournoyant, l'air affairé, les bras ballants, les mains crispées et vides. Toi aussi je pus te discerner, debout sur un rocher. Plus grande que les autres, tu gouvernais dans ce chaos. Près de toi, soutenant le rocher qui à chaque instant changeait de place, je vis un homme au teint sombre, à la barbe rare, aux dents luisantes comme du métal dans sa bouche rieuse. Puis, soudain, comme dans tout rêve, je compris que le rocher était une gigantesque tortue vivante. Et vous vous teniez, côte à côte, sur son dos. »

Le faux récit fit son effet. Une lueur insoupçonnée perça dans l'âme de la cophte, femme malgré tout; elle vit à son tour son destin s'accomplir ailleurs. A sa fortune une autre demeure conviendrait. Elle eut hâte de la connaître, de la préparer. Confiante, d'un pas brusqué, afin d'être mieux et vite son propre guide, elle choisit la voie nouvelle. Ismaïl comprendrait ses penchants impérieux. A deux ils conquerraient la rare fortune.

La cophte partie, Mourad, silencieux, songea au

rêve étrange, forgé, mesurant vaguement le poids
des jours pesant sur l'existence humaine. Un désir
indicible, pourtant, dormait déjà sous ses paupières,
tandis que, abandonnant les pensées précises, il faisait errer son regard parmi les méandres des sentiers
roses, entre les dalles serties d'argent où miroitait
l'eau pure et bonne sous les citronniers robustes.
Mais il ne sut déchiffrer les versets du Qoran qui,
imprécateurs, se déroulaient sur la muraille du
palais, à l'ombre des dentelles de marbre.

* * *

Doucement baignée dans les eaux bleues, Mahadieh s'apprêtait au repos. Sur la terrasse, Djamilah
scrutait ses desseins. Elle murmura : « Tu ne la
reverras plus, Mourad Aly. » Souvent les deux noms
dits ensemble signifiaient un contentement secret.
Puis, mystérieuse et tendre, elle ajouta : « Y croyais-
tu ? » Il la regarda. « A Chagouheran », fit-elle, avec
un sourire d'intelligence amical.

— Autrefois, répondit-il.

— A une gemme lumineuse pareille à l'hya-
cinthe de Sérandib, ou à une force que l'âme trans-
met à l'âme ? Quel est le talisman suprême ?

— Certes aucune possession, ni la richesse, ni
l'espoir, ni...

— Ni l'amour », dit-elle ; sa voix avait un timbre clair et grave que Mourad ignorait.

Il tressaillit sous la subite étreinte d'une angoisse ; une timidité domptée le secouait, car il sentait qu'elle, mieux que lui, avait jugé ce qui liait leurs vies.

« Chagouheran existe, Mourad, dit-elle alors. Beaucoup le cherchent : il fait défaut à la richesse, à toutes les joies connues, à l'amour même, surtout...

— Et tu l'as deviné ?

— Peut-être... Ce qui sans trahir fait vivre, ce qui donne plus que la possession, ce qui empêche la vie de sembler vide, mauvaise ou vaine... De ce talisman je dispose ! »

L'odeur des jasmins les enveloppait maintenant. L'air était doux. Djamilah se leva ; de ses doigts fins elle écartait les feuilles grimpantes.

« Regarde, Mourad Aly, au delà du mur protégeant ces jardins. Vois ces bosquets assombris, ils m'appartiennent. Sur un signe de moi les fruits lourds de leur or rouleront le long des marbres pâles sous les cascatelles diamantines. La brise du soir jonchera de chrysolithes en feuilles la terre maternelle.

« Clos tes paupières et viens, seul avec moi, y respirer les parfums naissants. Quand nous serons las, un rêve commun voilera d'ombre ce smaragdin séjour, à moins qu'à mes côtés tu ne préfères goûter aux liqueurs vermeilles défendues. Tu peux t'en dispenser. Depuis qu'une promesse insolite gît dans ton cœur, pour toi ma volonté est devenue aussi un talisman.

« Pour te plaire, je frapperai dans mes mains, et les djinns accourront eo nombre. Nous en formerons notre garde esclavone. Ils nous porteront dans une litière grillée et une à une les étoiles glisseront entre les fils nacrés du baldaquin. Ou si tu veux nous reposerons sur des coussins imprégnés d'ambre. Les lueurs bleues des cassolettes aux trépieds ciselés égaieront la fraîcheur d'un péristyle romain échappé à la fureur de nos conquérants. Les djinns arriveront chargés des perles de Tarragone, des rubis de Malaga et, non satisfaite, je les admonesterai. Ils s'en iront arracher aux profondeurs la galère perdue de Ptolémée et nous naviguerons, en écoutant le clapotis de quatre mille rames, comme... deux amis qu'un amour parfait unit. Veux-tu, je serai la maîtresse souveraine de tout ce que les

hommes convoitent, de tout ce que leurs métaux
n'acquièrent point?

Mourad répondit : « Les ondes des eaux voya-
geuses reflètent la voûte constellée, les nuages
ourlés de lilas vaporeux créent les mirages ; telle est
ta main, Djamilah Margiane. »

Elle vit son être tout entier frissonnant à l'enla-
cement de leurs âmes parentes, les énigmes dissi-
pées à mesure que le rêve se fondait avec les teintes
vives du réel. Consciente, plus sûre que lui, elle
rompit, la première, les chaînes anciennes.

— « Veux-tu que cette nuit à jamais chasse les
sots scrupules ? Dis ! si tu choisis, avant l'aurore
les lotus fleuriront les lacs, à la rosée les pures
tulipes desserreront leurs lèvres..., à l'heure proche
où les rossignols guetteront les corolles épanouies,
tel le lierre, mon corps de buis s'agrafera à l'arbre
aîné. Tourne ton regard vers les colombes rentrant
qui rayent le ciel de notre jardin et lis le message
qu'y tracent leurs ailes lasses. Plonge éperdu vers
l'immense améthyste qui nous abrite ; tantôt une
turquoise éteinte prendra sa place. Épie ! Écarte
encore notre feuillage nouveau, regarde à l'horizon
défaillir les roses, là-bas, au-dessus des trirèmes
englouties de Carthage ! »

Il obéit au geste. Alors d'un mouvement bref, elle libéra ses cheveux tordus, puis, l'une après l'autre, les foutahs en soie et lin glissèrent, cordelettes déliées, des cuisses jointes, et son vêtement tomba.

Mourad l'aperçut, telle une statue qu'éclaire une immobile et pâle lumière de lune; son corps, source d'une mystérieuse clarté, irradiait des forces attirantes, aux vertiges profonds, qui frappent et tentent et torturent les humains. Il se taisait pourtant.

— « Si tu préfères, fit-elle, de par mon pouvoir voulu, je serai le monde... mais la nuit est proche... qu'importe ! je sais un miroir de métal poli dont le moindre reflet est un soleil qui se précipite. Ma main le tiendra..., je serai le monde ; ou, mieux encore, afin que tu confondes ma possession avec celle du suprême inconnaissable, je te divertirai en te fuyant. Tu m'atteindras ; et pour te faire goûter en frémissant le bonheur d'être, je resterai froide, figée dans ma nudité impénétrable et farouche. Qui sait, tu me craindras. Ma voix se fera douce ; comme à présent, pour te distraire je te dirai : Mourad, Chagouheran est la sauvegarde des joies. Il est à toi ; les veux-tu prendre de moi ? »

1905-1906

La Dame du Monde

1

Surplombant la prairie d'or un sentier en lacets monte entre des rocs espacés par une végétation déjà rare. C'est ici le dernier tournant d'où l'on aperçoit encore la cité du soleil, chantée jusqu'aux confins de l'Inde. Sous le gazon qui en recouvre les toits on la distingue à peine, mais çà et là d'étincelantes coupoles servent de repères et les canaux partant du fleuve la divisent en portions allongées. Autour des escaliers qui s'enfoncent dans les eaux de petites taches noires se meuvent comme des mouches quêteuses de pâture ; ce sont les gongas évoluant aux coups de rame des bateliers.

La vue s'étend à droite et à gauche, embrasse presque la plaine entière, des roselières du Walar jusqu'au lac de Ver Nag où se blottissent les rêves des poètes du Kachmir. Islamâbad apparaît, ceinte de ses champs où le safran a fleuri, obombrée d'un promontoire sur lequel se dessinent menues et grises les ruines d'un temple, celui de Martand, que les fils humbles de Pandou consacrèrent à l'astre distributeur de vie. Plus près, là où le sentier s'insinue entre des terrasses ombragées de platanes et des sources jaillissant avec un murmure guttural pour se précipiter vers le Djhilam, le palais de Djehanghir pointe ses débris parmi des poiriers et des pêchers robustes. A perte de vue les champs ondulent, revêtus du riz de l'automne, mûrissant, car le mois de Bhâdrapada est venu.

A tout instant des hommes se retournent pour voir, sans cesser de marcher. C'est toute une foule qui s'avance et monte en une longue colonne, chacun fils ou parent d'anciens adorateurs du Ciel pur, du Ciel qui n'est rien, de l'Espace vide, de l'Azur opposé au monde imparfait où tout se corrompt et meurt. Unis dans une aspiration commune ils

2.

ont depuis des siècles successivement adoré des dieux divers, et leurs égaux ne les comprenant pas les ont raillés, presque honnis; pourtant sans croyance précise ils quittent la plaine pour le pays des hautes montagnes où selon les dires mystérieux règne une reine sublime. Sa renommée leur est parvenue par ces fabuleux récits qui voyagent avec les caravanes, et tous la vénèrent, elle et sa demeure isolée, proche du trône serein et neigeux du dieu Siwa. Dans l'espoir de vivre désormais heureux sous sa protection étroite ils se dirigent, pèlerins et transmigrants à la fois, vers le château incertain de celle qui porte ce titre fier : *La Dame du Monde*.

> En tête de la file marche le citadin *Gaddi*, essoufflé; petits, ses yeux pétillent, et il tend l'oreille, au plat pavillon plié par le poids de l'écharpe rouge, cerclant son crâne.
> Péniblement il profère de temps à autre des paroles, des réponses mécontentes ou distraites.
> *Un homme des Hautes-Terres*, les jambes serrées dans des braies noires, râblé et, par nonchalance, alerte le regarde avec méfiance et l'interroge.

L'HOMME DES HAUTES-TERRES

Choisir au hasard de fâcheux chefs, poser soi l'embuche, et chercher une chute trop proche, pourquoi ? Dis ! Citadin allant avec nous sur la route des cîmes claires !

GADDI

J'agis. Modeste, et non pour le mal ai-je agi.

L'HOMME DES HAUTES-TERRES

Parle fièrement, camarade ! Pourquoi projetais-tu de placer en maître de cette troupe un homme

bavard et de taille petite ! Tu peux toi-même te
contenter d'une souveraine unique.

GADDI

Le siège qui luit, recouvert d'une dépouille de
lion que nul ne vénérait, ni vit, est encore distant.

L'HOMME DES HAUTES-TERRES

Telles m'apparaissent tes réponses.

GADDI

Il fut l'instigateur, capable, prétend-il, si un
péril parmi nous menace, de protéger.

L'HOMME DES HAUTES-TERRES

Eh ! Par quoi? Plus adroit que d'autres, saurait-
il traquer un traître, déceler au tréfonds d'une
trouble âme de marais mouvant la tourbe d'un
dangereux dessein. Celui-là existe qui veut nous
voir déçus. Au milieu même du silence un soupçon s'étend.

GADDI, se frappe de la main la poitrine.

C'est ainsi, oui ! Principalement en moi. Le
soupçon secoue mes confiances... Laoutami, mon
propre frère... le « complice du chacal » l'appelaient
petit, les vieux, lui prédisant un sort funeste... Pour-

quoi s'est-il joint à ceux qui diffèrent de lui ? Afin
de voir ce qui ne guère importe... ou blâmer...

L'HOMME DES HAUTES-TERRES

Et pouvoir conter ensuite comment des bandes
de loups au pelage blanc ont attaqué les fuyants
serpents.

> Ils font halte un instant. Au loin, sous la mon-
> tagne nue un champ de blancheur lumineuse semée
> d'ombres bleues s'étend vaste et infranchissable,
> un glacier en mouvement. Arrivant du côté d'un
> précipice, grimpant entre les roches d'abord dif-
> ficile, un meneur de buffles, au torse carré et
> déjà lourd, les apostrophe, joyeux. Les deux bouts
> d'une pièce d'étoffe rayée retombent sur sa poi-
> trine. Les bords relevés de son bonnet protègent
> une paire d'yeux timides et comme craintifs de
> ce qu'ils ne voient pas. Au milieu des éclats de sa
> voix on peut entendre ses dents solides grincer.

LE MENEUR DE BUFFLES

Avez-vous vu les marchands ? Leurs couffins
étaient gonflés jusqu'à craquer par des ballots de
thé en feuilles fragiles ; au cou ils portaient suspendues des poches en peau de bouc : des turquoises
sans taches les remplissaient. Ils affirmaient venir
de loin, voyageant des versants du Karakoroum
rude aux bêtes de somme. Moi je les ai arrêtés...

L'HOMME DES HAUTES-TERRES

Et tu fis peur à tous !

LE MENEUR DE BUFFLES

Mais je ne suis pas méchant. Et le fus peu, même grimelin sans crainte.

L'HOMME DES HAUTES-TERRES

Il te suffit et convient de le faire croire.

LE MENEUR DE BUFFLES, inattentif

Je les arrêtai et puis leur demandai des nouvelles vraies.

GADDI, élevant soudain la voix.

D'où ? De qui ?

L'HOMME DES HAUTES-TERRES

Ne crie pas ainsi; tes paroles sonnent mal de violence méchante.

GADDI

Laisse de blâmer ! Ai-je rugi malgré moi, craignant autrement de vous paraître ridicule.

LE MENEUR DE BUFFLES, modeste, explique.

Je suis pourtant, comme tous les autres, un homme... superbement vigoureux, chacun le peut voir et attester.

L'HOMME DES HAUTES-TERRES, se reprenant.

Ceci n'importe pas. Je prie, satisfais ma curiosité, aveugle dans l'espace vague. Que t'ont dit de si notable ces échangeurs de thé ?

LE MENEUR DE BUFFLES

Beaucoup de choses. D'abord... Mais aidez-moi un peu !

L'HOMME DES HAUTES-TERRES

Comment pouvons-nous cela, ne sachant encore rien ?

LE MENEUR DE BUFFLES

Je pense. Attendez ! D'abord... oui! La souveraine n'est pas une souveraine.

L'HOMME DES HAUTES-TERRES

La dame du monde ?

GADDI

Oh las ! Oh las !

L'HOMME DES HAUTES-TERRES

Nous savons mieux que ces marchands où se dirigent nos pas !

LE MENEUR DE BUFFLES, poursuit.

Voici que petit à petit je me souviens, de même que parallèlement ma surprise croît. Combien l'effort est bel, réglant toutes choses, jusqu'en le centre où nous retrouvons l'éparse pensée ! La dame du monde avait une sœur, la vraie reine de l'espace froid et sur le sol humain, sérénité faite, que nul homme n'a dû voir. Une nuit elle la fit étrangler par de sauvages gardiens. On dit que des vieillards vivant dans la forteresse se sont prêtés au crime.

GADDI

Quelquefois on nous conta, certes, des événements pareils. Les chefs ancêtres craignaient, en connaissance des louches audaces, leurs propres latéraux.

L'HOMME DES HAUTES-TERRES

Huche ! Taisons des mots qui enflent de malheur dans une bouche balbutiant sans mesure. Repoussons le tort que tant accueillent, timides et téméraires.

LE MENEUR DE BUFFLES

Cependant..., une usurpatrice serait celle qui nous apparut incomparable reine, plus humaine que les princes des plaines.

> Pendant qu'ils échangent ces dernières paroles, leurs pas se ralentissent et ils sont rejoints par un bateleur hirsute et un baladin, le torse enveloppé de loques bariolées qui lui font une poitrine de femme. Ces compagnons ont entendu des mots épars.

LE BATELEUR, s'écrie allègre.

Enfin nous trouvons des camarades disant des

choses drôles ! Moi qui de coutume amuse les autres je veux rire à mon tour. Nous aurions donc tous, pour ainsi supposer, connu le leurre. Voilà qui est bien !

L'HOMME DES HAUTES-TERRES

Le rire hâtif est comme l'ouragan destructeur remplaçant la pluie attendue.

GADDI, grave, mais satisfait.

A un jour clair un nouveau jour ténébreux peut succéder, et...,

Il s'arrête à la manière de ceux qui prennent peur, lorsqu'ils se voient eux-mêmes sur le point d'émettre une opinion.

LE BATELEUR, insinuant.

Dans l'ombre les hommes et leurs divinités vivent par la mort et se succèdent par des meurtres favorables.

LE BALADIN, gourmande.

Quel vilain mot placé et venu mal, mon camarade. Celle qui doit des bienfaits, une efficace protection, des joies, prévoit et n'est pas fautive. Et vous, songez ! Peut-être a-t-elle été provoquée, peut-être contrainte de se servir avec hésitante douleur de l'arme.

LE BATELEUR

Si j'ai bien entendu, cette arme était la même

que la tienne : une corde ! Ne sois pas courroucé,
ami, la comparaison n'est pas méchante. Toi, tu
ne te sers de ta corde que pour danser dessus.

LE BALADIN

Homme de farces et d'esprit ! Tu m'as inter-
rompu quand j'approfondissais une énigme. Qui
sait ? Peut-être que la dame a des gardiens valeureux ; ceux-ci ont eu à défendre son honneur.

LE BATELEUR

Contre sa propre sœur ! Ne serait-ce pas trop
affreux ?

LE BALADIN

Tais-toi ! Je sais intérieurement ce que je veux
dire. Et n'y aurait-il qu'un homme pour prendre
sa défense, je serais celui-là. Mon courage n'est pas
affaibli bien qu'il soit peu mis à l'épreuve. Depuis
deux jours nous suivons un chemin si difficile que
personne n'a eu le loisir de m'acclamer, mais je
jure que je tendrai à une prochaine étape ma corde ;
j'émerveillerai tous, même ceux qui ne s'intéressent
à aucun exploit, même ceux qui de loin pourront à
peine me distinguer.

LE BATELEUR

C'est ainsi, en effet, lorsque je fais des tours.
Du premier rang seulement on peut me voir. Les

exclamations pourtant se propagent et gagnent le bord des foules massées.

LE BALADIN

Quoique je risque ma vie c'est avec allégresse, et les cris d'une multitude ne me donneraient aucune frayeur. Je ne connais que de nobles sentiments. Mais par esprit de dignité je réclame le silence dans les rangs des spectateurs.

LE MENEUR DE BUFFLES, le regard étincelant, subjugué, interrompt.

Danseur de corde habile ! Mieux que les autres tu sais t'exprimer. Et tes pensées font plaisir. La noblesse des sentiments ! Combien cette idée est belle ! J'aimerais à t'entendre parler quand, au-dessus de l'abîme du danger, tu te tiens debout, digne d'être pâtre d'un troupeau.

GADDI, chuchotant à l'Homme des Hautes-Terres.

Le meneur de buffles n'a pas tort.

L'HOMME DES HAUTES-TERRES

Il oublie que celui-là n'est pas un Rono, mais un simple baladin qui se tortille pour occuper les regards des foules. Il est préférable de ne pas même en parler.

On a ralenti la marche et la montée est dure. Des camarades tenaces s'approchent du groupe en tête.

A l'écart, le front découvert, le corps serré d'un manteau dont la couleur se confond avec sa peau brune *Laoutami* vient vers eux, et *Gaddi* fait des efforts pour dissimuler ses mouvements coutumiers, tremblant de crainte que son frère ne l'aperçoive. Ses lèvres murmurent:

GADDI

Pourquoi est-il là ? Il me fait peur, car je crois maintenant qu'il veut m'étrangler et j'ai vu ses doigts se recourber avec la force que possèdent les griffes du mangeur d'homme. Il faut à présent que je me souvienne.

Le meneur de buffles hoche la tête comme un solitaire âgé repu de mépris, et grogne de fierté quand *le baladin* honnit la Peur apparente.
Cependant *Laoutami* les regarde sans penser à eux ; il écoute le bruissement frasseyeux d'un torrent invisible au fond d'une crevasse proche. Le songe que l'eau entendue se précipite ainsi vers le fleuve doux le fait tressaillir comme sous un pressentiment qu'il n'en reverra plus les rives. Aurait-il dû suivre cette voie vers l'activité des villes, le bien-être que donnent aux hommes de bonne volonté le travail et le soin des apports du hasard? Pourquoi avait-il choisi l'inconnu qui se terrait au loin, au-dessus des demeures humaines?
Le torrent bruit, réveille tardivement dans son cœur un latent, intangible regret.
Gaddi recule, cherche à se placer derrière *le meneur de buffles*, pendant que le silence des voix se fait pesant.

L'HOMME DES HAUTES-TERRES

Et voilà non sans malveillance tout ce qu'ils ont su te révéler?

LE MENEUR DE BUFFLES

Autre chose me revient... ils dirent que nul ne connaît là-haut de lieu habitable toujours. Autour du palais inconnu les tourmentes dévastent les parages.

LE BATELEUR, se penche, avec curiosité.

Alors leur beauté serait sans attrait ?... ne vaudrait pas...

LE MENEUR DE BUFFLES

Si fait ! Tout y est beau et sans pareil,

GADDI, tremblant.

Et terrible, telle la tristesse ?

LE BATELEUR

Contrée moussue et féerique, mais sans fruits !

GADDI

S'il était vrai...

LE MENEUR DE BUFFLES

Nous serons forts nous-mêmes, si près d'un génie fécond, nouveau.

LE BATELEUR

Saurons-nous bien ?...

L'HOMME DES HAUTES-TERRES, songeur.

Inspirés par ce vague voulu, errants déjà...

GADDI

Peut-être !

L'HOMME DES HAUTES-TERRES

Voici qu'invisible, mais sévère un doute gra-
vira désormais avec nous le chemin.

LAOUTAMI

parlant d'abord comme à lui-même, puis d'une voix qui
    semble demeurer suspendue dans l'air tandis que son
    regard, dirigé sur ses compagnons, se prolonge au delà
    d'eux, et qu'une pensée tenace vibre par sa volonté.

Savoir : pressentir ! Savoir : discerner ! Savoir :
opter.

Avant toutes choses, il nous incombe de ne rien
laisser à ce que dans la plaine nos ennemis et
nous nommions : Hasard !

Il nous faudra trouver là-haut un lieu propice à
nos tranquilles bonheurs futurs... grâce à Celle
qui doit être vénérée nous saurons choisir une vaste
demeure sereine.

LE BATELEUR

L'usurpatrice...

L'HOMME DES HAUTES-TERRES

N'importe ! Aujourd'hui...

LE MENEUR DE BUFFLES

Nous saurons !

GADDI, très bas.

Nous trouverons !

LE BATELEUR

Et cette crédulité...

LE BALADIN

Comment ? Laquelle ?

L'HOMME DES HAUTES-TERRES

Il faut avancer, quand même notre espoir s'alourdit.

LE BALADIN

Voilà une juste parole !

GADDI, immobile, derrière les autres.

Avançons gaiement !

LE MENEUR DE BUFFLES

Me voici ! Soyez braves comme moi !

> *Laoutami* dépasse les autres et tous contournent un rocher. Ils aperçoivent un plateau couvert d'une herbe drue et abrité. Au centre flambent des bûches résineuses et crépitantes, des branches aux aiguilles rousses et sèches que dore le feu. Tout près de là s'agite un homme maigre que les pèlerins saluent à mesure qu'ils arrivent devant lui. Ils se pressent les uns les autres, se bousculent des coudes, jettent des cris de satisfaction. Beaucoup d'entre eux cherchent une place pour s'accroupir ; plusieurs essuyent leurs chevilles, rouges de sang, blessées par les épines des broussailles. L'homme maigre, veines et tendons saillants, *porteur du feu*, leur sourit à tous. Levant alternati-

vement la main gauche ou la main droite, toutes
deux serrant des plaques de lichens destinées à
raviver les flammes, il parle :

Voici, bons camarades, voici l'étape où les fatigués, se reposant et mangeant, reprendront courage !

Un habitant du Midi nuageux, petit, les yeux noirs,
le teint pâle, la bouche large, les cheveux en
tresse couronnant le crâne, regarde curieusement
l'amas qui brûle. Puis sur un ton approbateur
il dit :

Reconnaissons que cet homme sans force apparente nous rend de bons services auxquels j'avais à
peine songé, moi qui pourtant m'applique de coutume à tant de choses ! Avec son vase de cendres
recouvrant la braise ardente le porteur du feu court
en avant de nous tous et prévoit sans faillir l'étape
où nous pourrons nous arrêter.

LE PORTEUR DU FEU

continue à s'adresser à ceux qui l'entourent et sa
voix par instants domine.

Voyez ce bûcher bon qui flambe pour vous !
Approchez tous avec vos ustensiles ! Préparez la
portion de nourriture sans hâte, en prenant des
soins. Que les ventres affamés soient satisfaits; la
montée paraîtra plus facile.

Les kachmiri sortent de leurs sacs l'orge et le riz
destinés au repas. Quelques mangeurs de fèves se
groupent à part et comptent scrupuleusement les

graines afin que tous reçoivent un nombre égal pris sur les provisions communes. Dans un coin, deux laboureurs porteurs de pics travaillent avec ardeur pour remuer la terre humide. Ils mâchent des aliments crus et tournent le dos à un homme qu'ils viennent d'appeler « fainéant ». Celui-ci froidement sourit, à son aise d'allure, en dépit de jeunes traits et d'une chevelure blanchissante. La main droite glissée sous l'aisselle gauche, le coude pointant, il leur déclare :

C'est bien d'accomplir une tâche prévue, camarades, à tout prendre vous n'avez pas tort. Travaillez ferme jusqu'à ce que la sueur ruisselle sur vos fronts penchés. De cela vous serez, je l'espère, heureux.

L'HABITANT DU MIDI NUAGEUX, l'apostrophant.

Pourquoi ne fais-tu pas comme eux ?

LE FAINÉANT

La raison en est claire et nette : je serais, moi, malheureux de travailler sans nécessité et pour des buts précaires. Aussi ne suis-je guère près de le faire.

L'HABITANT DU MIDI NUAGEUX,

élevant la voix, parlant toutefois sans assurance.

Tu te pares d'une singulière fierté. Au fond de toi-même, s'il faut croire ce que l'on dit, c'est l'ignavie qui règne et t'incite à parler comme tu le fais.

LE FAINÉANT

Que celui d'entre vous qui le plus s'indigne contre la paresse naturelle réfléchisse à ses propres actes.

Le plus grand nombre ne vise qu'à éviter un surcroît de besogne. Sans cesse les hommes aspirent à un bien-être dont l'absence de travail est l'élément qui séduit. Mais chacun, grisé de ses paroles, croit aimer le labeur endormant, se donne les forces nécessaires à supporter les fatigues en répétant que travailler est une joie, se venge du destin en créant une vertu imaginaire.

L'HABITANT DU MIDI NUAGEUX

Non sans raison, cela se comprend, on te dénomme le Fainéant!

LE FAINÉANT

Aucune honte n'accable qui n'aime être victime ni dupe. Il m'arriverait d'en avoir conscience et cela nuirait à ma digestion.

En fait, il y a longtemps que je me suis habitué à être appelé de ce nom. La première fois, ce fut un jour de printemps. Des artisans de la ville discutant la manière préférable de traiter leurs femmes dévergondées et trompeuses me demandèrent un avis. Je répondis : « Il faut s'abstenir de tout acte,

3.

car les actes restent incompris et apportent ainsi du
trouble, ou s'abstenir de toutes pensées, car réguliè-
rement elles nuisent au bonheur. Il se peut cependant qu'une parcelle de réflexion précèdant avec
rigueur tout acte, toute volition et tout désir.....
mais cela n'est pas possible. Les insuccès et les
mécomptes, les colères et les querelles bouleversent
le calme des jours. » Ces artisans m'ont confondu
avec les propres à rien. Ils m'appelèrent « fainéant ».

UN BATTEUR D'OR,

kachmiri, la veste à courtes manches serrée par une
lourde ceinture, le regard doux, passant l'écuelle
à la main, brusquement.

Ai-je entendu juste? C'est toi, le fainéant de Ver
Nag, celui dont nous parlaient les riverains appor-
tant à la ville du bois pour les gongas, léger et
lisse? Tu es connu dans la plaine du sud au nord...

LE FAINÉANT

Tu veux dire qu'à présent on me méprise à la
ronde.

LE BATTEUR D'OR

Non, certes, plutôt j'ai compris que l'on t'envie.

LE FAINÉANT

N'exagère pas, ami de voyage, mais si tu veux
dis que l'on s'étonne en voyant un homme qui ose

faire connaître franchement toutes ses pensées sus-
pectes.

LE BATTEUR D'OR,

*avec des gestes de vieille politesse qui ne
dissimulent pas un fond de curiosité naïve.*

Rien ne me surprend, si non qu'un spéculateur
sur monnaies dépréciées tel que toi ait vu le jour
parmi les paysans vivant d'une vie morne qu'égaie
à peine le bruissant Ver Nag.

LE FAINÉANT

La première vue qui frappa mes yeux s'ouvrant
sur le monde furent les chevelures d'opales des fées
qui se baignent à l'aube dans le spumescent, mais
pur ruisseau, précipité à la surface du lac. Ma mère
Kachmiri, bayadère, m'enfanta en gémissant sous
les ramures larges d'un ormeau.

LE BATTEUR D'OR

La nature, providence des créatures, est ainsi
mieux que de nous de toi aimée; oui, je le comprends.

LE FAINÉANT

La nature, dis-tu, est une providence... peut-
être ! L'araignée de même qui spontanément vient
délivrer la proie trop grosse pour elle prise dans la
toile.

L'Habitant du Midi nuageux, las d'écouter, est parti.
Le batteur d'or et le *Fainéant* choisissent l'endroit
où ils vont s'asseoir quand *Gaddi*, essayant de
se glisser, inaperçu, entre les rangs, s'avance
pour leur dire tout bas :

Laissez-moi demeurer en votre compagnie ! A
ne rien céler j'aimerais ne pas rencontrer mon frère
qui me fait peur.

LE BATTEUR D'OR

Ceci ne peut être qu'une erreur. Malgré ses
façons téméraires Laoutami est le meilleur des
compagnons. Quoiqu'on en dise il fait plus de
bien...

GADDI, alarmé, l'interrompt.

Oh, camarade, tu ne connais pas tout ce qu'il
pense...

Tous deux à la fois s'arrêtent.

LAOUTAMI,

survenu derrière son frère, apparaît entre eux.

Nigaud ! Cœur pusillanime ! Vassal ! Cire que
pétrit à sa volonté le premier venu ! Tel le servant
du temple disant oui, oui, non, non, selon que le
rayon éclaire le côté droit ou gauche de sa divinité.

GADDI

Que veux-tu de moi, mon frère, mangeur de riz
froid, qui marches encore quand les autres sont

assis, par besoin de ne pas agir comme eux !

LAOUTAMI

Tandis que toi tu n'oses faire une chose avant que d'autres ne l'aient essayée, toi qui appelles pour ta conduite une ordonnance superflue. Ame émoussée qui rêvais d'avoir un chef auquel obéir. Je suis stupéfait de voir que tu ne vénères en esclave un maître comme celui-là.

> Ce disant *Laoutami* désigne de la main *le meneur de buffles* qui s'approche, repu et majestueux, puis il se détourne et s'éloigne sans un geste. Quelques kachmiri déambulent parlant à haute voix, grisés par la nourriture.

LE MENEUR DE BUFFLES, s'écrie avec force.

Avez-vous bien mangé votre riz, camarades? Moi je l'ai mangé à pleine satisfaction. Oh las ! Maintenant je voudrais forniquer.

L'HABITANT DU MIDI NUAGEUX, admoneste.

Huche ! il est presque malséant d'avouer un penchant semblable. D'ailleurs, comme chacun doit le savoir, avec nous il n'y a point de femmes !

> Dans un vacarme commençant des voix mécontentes percent : « C'est fâcheux pour tous. — Les femmes ont quelques qualités. — Nous le savions. — Elles nous manquent déjà. — Elles se moquaient de nous, autrement... »

L'HABITANT DU MIDI NUAGEUX

Nous les oublierons assurément en approchant du but.

LE PORTEUR DU FEU, à part, avec vivacité.

Ce sont elles qui nous ont honni de notre détermination, qui ont refusé de venir sur les sommets.

> *Le Fainéant* lève les bras et les laisse retomber comme pour exprimer de l'étonnement. *L'Homme des Hautes-Terres* qui l'observe à l'instant s'approche de lui.

L'HOMME DES HAUTES-TERRES, prudemment.

A côté de semblable ardeur ne sent-il donc jamais quelque souffle froid, comme d'un doute grandissant qui s'élève ?

LE FAINÉANT

Toi-même ? Tu devines, ou tu sais donc, lentement comment toutes ces pierres s'effritent, sans que leur gangue trop grise révèle l'un entre mille espoirs aux facettes réflétant...

> Il fait un geste vague.

L'HOMME DES HAUTES-TERRES

Réflétant quoi ?

LE FAINÉANT

Nos âmes qui se fanent !

L'HOMME DES HAUTES-TERRES

Notre rêve en nous est menacé par quelque chose d'obscur.

LE FAINÉANT

La pensée cependant, qui veut.

L'HOMME DES HAUTES-TERRES

Si elle cessait de vouloir ?

LE FAINÉANT

J'y songe, tout en marchant. — Ces pieds fatigués avancent. Vois ! Ont-ils besoin de moi comme guide ? du moi le plus profond, que je connais à peine ?

L'HOMME DES HAUTES-TERRES

Pourquoi avancer sans vouloir... ou vouloir avancer ?

LE FAINÉANT

Retournons vers la plaine !

L'HOMME DES HAUTES-TERRES

Abandonner un rêve ? Cela seul est insensé. Nous révolter contre nos propres décisions ?

LE FAINÉANT

Allons, soyons curieux ! Cela donne une joie mesquine, mais une joie !

L'HOMME DES HAUTES-TERRES

On maudirait sur l'heure une telle proposition de renoncement !

LE FAINÉANT

Au fait ! il ne faut pas qu'un désir puisse en nous si aisément mourir.

LE MENEUR DE BUFFLES,

avide de s'expliquer, va de l'un à l'autre, gesticulant.

Je ne puis faire autrement ; quand j'ai mangé je suis amoureux.

LE PORTEUR DU FEU

Suis notre exemple, compagnon ! Nous mettons toute notre ardeur au service de l'effort.

LE FAINÉANT

Meneur ! Tu parles comme un insensé. Celui qui veut forniquer n'est pas amoureux.

PLUSIEURS VOIX

Que veut-il dire ?

LE FAINÉANT

La preuve de l'amour est dans les sentiments opposés à la violente convoitise, dans l'abandon de soi-même et de tout appétit individuel.

L'HABITANT DU MIDI NUAGEUX

avec importance, s'adressant au Meneur de buffles.

Si le repas te donne des forces difficiles à user tu peux t'en prévaloir et les utiliser. Il est temps de continuer la route. Empare-toi du vase contenant les braises, tu rendras ainsi la besogne du porteur moins lourde !

LE PORTEUR DU FEU

La taille est à l'avantage de notre camarade, mais non la volonté tenace et l'abnégation. C'est moi qui seul suffis à ma tâche. D'ailleurs, nous parviendrons vite, l'étape sera courte. Soyons hardis tous et confiants ! Souvenons-nous de notre joie lorsque d'en bas nous entrevîmes la félicité de pouvoir vivre là où de rares passants se sont arrêtés, contraints rapidement à redescendre dans la plaine.

Aux yeux de tous l'effort pour continuer semble maintenant pénible à l'extrême. L'air enivre et une torpeur tombe parmi eux. Ils élèvent les voix, cherchent à se donner du courage. Leurs désirs parcourent encore la terre blanche, les névés en nombre, entourant la base des aiguilles, formant d'accessibles îlots de pierre, brillant d'humidité gelée. Ils croient voir à distance un formidable mirage de lacs endormis.

LE FAINÉANT, exhale un soupir ironique.

Nous étions très bien ici ; c'est pourquoi il est évident que l'heure presse de partir.

GADDI, court entre les groupes, vociférant.

Partons sans tarder davantage, partons !

Un homme alors s'approche du bûcher. La peau de sa face glâbre est crasseuse comme ses bras sortant des vastes plis d'un vêtement souillé. Des pans relevés découvrent ses pieds énormes d'enflure. C'est *Le capnoman*. Il a entendu les dernières paroles clamées et maintenant il déverse sur les braises le contenu d'une petite outre de porcelet. Une fumée aussitôt s'élève. Il la regarde, ses yeux se pincent ; il passe la main les doigts écartés au-dessus de la colonne jaunâtre et murmure. Quelques syllabes intelligibles sortent enfin de sa bouche et l'on entend.

LE CAPNOMAN

C'est le sort favorable que tous attendent. Par moi les esprits bons révèlent ce qui est nécessaire. L'heure est venue de ne plus oublier les vœux, mais de reprendre le chemin qui monte. Partir, partir ! La fumée s'élevant du feu l'ordonne. Et moi, élu, je l'interprète ainsi grâce à ce qui est au-dessus de l'homme.

II

LE MENEUR DE BUFFLES appelle l'attention des émissaires
sur un amoncellement de charognes.

La chose infâme dont se nourrissent ces bêtes
nocturnes ! Un dégoût m'étreint par la gorge.

LE FAINÉANT, dédaigneux.

Détourne-toi donc ! Regarde ce château fort, établi solidement et solennel d'aspect, qui se dresse si
haut près des cimes ceinturées d'un blanc brouillard
se confondant avec la neige !

A leur tour, cependant, d'autres kachmiri viennent
du grand enclos étrangement vert et à peine givré,
voir aux abords de la cour occidentale sur un sol
de roche nue les charognes entassées. Au delà,
des hyènes apprivoisées, la chaîne au cou, dorment
en grand nombre aux pieds de leurs gardiens.
Ceux-ci restent immobiles et silencieux dans leurs
vêtements de cuir, bredis sur le corps ; quelques-
uns paraissant les plus vaillants ont le front orné
d'un dessin en spirale tracé avec les excréments
des fauves. La plupart tiennent les mains contre
les oreilles afin de ne pas entendre les sons aigus
des instruments qu'agitent les musiciens de la
peuplade des Doums vaincus. Car, dans une autre
courette, à l'est du bâtiment, on excite ainsi à la
danse un âne sauvage enguirlandé de fleurs blanches
et bleues.
Un homme des Hautes-Terres va de long en large,
gesticulant et satisfait. Tout à coup, il s'écrie :

Moi, qui suis pourtant natif de la montagne,
moi, je suis émerveillé de cette demeure. La maison commode séduit le voyageur plus que le site
que vantent les sédentaires. D'entre nous personne
n'a vu de semblable !

> *Laoutami* répond : « il est vrai », puis il lui tourne
> le dos et s'en va vers un bassin dont le rebord est
> taillé en blocs de glace. Tout autour, des bancs
> ajourés, en pierre, brillent de parmélies imitant,
> à la vive lumière du jour, la neige miraculeuse-
> ment absente au niveau du sol. Il observe : « ce
> pourpris plus vaste qu'un parc s'étend au midi
> entre des peupliers plantés à intervalles égaux.
> Leurs branchages élancés n'empêchent pas les
> rayons du soleil de frapper une pelouse de mousse,
> centrale, sur laquelle dandinent avec gravité deux
> faisans, l'un blanc, l'autre noir. Comment ces
> oiseaux se trouvent-ils donc ici ? Venus d'où ?
> Attirés par quoi ? Qui sait, égarés, pris par les
> vents, ils ont aperçu cette végétation compacte,
> désordonnée, qui s'accroche aux troncs gris, ou,
> près des faîtières que recouvre la masse épaisse des
> flocons agglomérés, les pousses des jeunes acacias,
> les genêts aux fruits ailés qui dorent sous l'éven-
> tail d'un pin rabougri les murailles vétustes. Ont-
> ils deviné ces rosiers chargés de fleurs merveil-
> leusement pâles qui grimpent comme des lierres,
> s'enchevêtrent comme des lianes, se hérissent
> d'aiguilles comme les conifères, glissent, tombent
> et rampent le long des sentiers gelés ? »

L'HABITANT DU MIDI NUAGEUX, s'extasie.

C'est presque trop beau ici..., nos espérances sont
dépassées ! Au-dessus de ce lieu invitant, le ciel pur
paraît si distant et insondable au regard, qu'il

donne la sensation grave d'être autre chose qu'une
voûte posée sur les pics d'alentour, de n'être vraiment rien, rien que de l'air et du vide frais,
nuancé d'un bleu nitide par une clarté indépen-
dante des astres.

LE FAINÉANT, narquois, interpelle.

C'est presque trop beau ici, ... je me méfie.

L'HOMME DES HAUTES-TERRES, se gausse.

Natif de la plaine ! Tu as déjà peur. Mais sais-tu
seulement qu'elle est la cause de ta frayeur : ces
fauves inoffensifs ? La brise vivifiante ? Laquelle ?

> Tous se taisent, embarrassés, comme sous le poids
> d'une incertitude possible ; ce pendant, leur curio-
> sité veille. Deux serviteurs boîteux et penchés dis-
> posent sur les bancs des brasiers minuscules, des
> pincettes, des pipes en fer munies de tuyaux en
> jonc, des sébiles dans lesquelles des plantes sèches
> hachées menu s'élèvent en pyramide.

LE FAINÉANT, répond lentement.

Je n'ai aucune peur, sachant néanmoins que des
dangers existent auxquels on ne veut pas croire
tant que la vie est sauve. Mais sois convaincu,
montagnard altier, que rien n'est plus trompeur que
le beau.

LE BATTEUR D'OR, souriant.

Palpe cette fleur ! Touche ses pétales à l'attache

solide ! Respire son parfum qui n'étourdit point !
Comment pourrait-elle te décevoir ?

LE FAINÉANT, s'exclame.

Ah ! Ce piège d'artisan aimable ! Écoute ! Celui
qui a longtemps veillé ne s'attend-il pas à récu-
pérer par un sommeil sans rêves 'ses forces ? Celui
qui a profité d'un repos prolongé, jusqu'au milieu
du jour, craint-il avec raison la nuit d'insomnie ?
Un manque ou un excès est à la source de chaque
pressentiment. C'est une trop vieille histoire que
l'épanouissement de la rose précède la flétrissure...
Une table trop chargée peut bien faire songer aux
lendemains sans riz.

Une clameur générale retentit, chacun voulant faire
connaître aux autres son opinion.

LE FAINÉANT, froid et distant dès lors, poursuit.

Le maçon ne pose-t-il pas avec soin pierre sur
pierre, les scellant avec du sable et de la chaux,
sans bienveillance pour ceux qu'abriteront les
murs ? Ainsi la nature a tout créé sur la terre, cela
est visible, même à nos yeux. Son œuvre idéale
est, pour les humains, la femme. Jugez ! Croit-on
la Dame du Monde pareille à nous, nous qui de nos
pères d'essence avons appris à aimer ce qui est
rabaissé des foules, à penser avant d'agir, à pré-

voir avant de projeter, très peu, à conformer nos projets d'abord à un plus mystérieux Idéal. Répond-elle à l'image que nous forgeâmes de la Maîtresse des sommets en écoutant les paroles des voyageurs lassés, retour de l'inconnu ?

LE MENEUR DE BUFFLES

Audacieux, il se plante devant lui et, sans prêter attention au doute émis, s'écrie avec force.

Plus qu'un oiseau elle était belle ! Ce corps douillet et fin, et pourtant des membres si ronds, si gras ! J'aurais eu peur de lui faire mal en la touchant. Et quel étonnement ! Elle m'est apparue dans tous ses traits, dans toute son attitude telle que je me figurais d'avance la Dame du Monde.

LE PORTEUR DU FEU, courroucé, le regarde.

Indigne, indigne de suivre nos traces serais-tu, si l'excuse de la cécité n'était pas la tienne. O homme faible ! Dans ce vacillement, tu voudrais voir une forme de la beauté, et le mérite bizarre de l'indifférence, chez celle qui t'enchante et me déçoit. Cette insouciance néfaste que de la plaine j'avais cru être la sérénité auguste, n'y ressemble point !

La sérénité, précieuse au juger des hommes, leur est plus inaccessible que ces monts gravis péni-

blement. La beauté, ignorée de toi, est également
une divinité parfaite et sublime.

*Derrière eux de sourdes voix grondent. Le meneur
de buffles, satisfait, va des uns aux autres répétant :*

Elle est la beauté, très divine, et telle, elle a
dompté mes forces bien que ma virilité soit en
fureur.

*Aux turbulents l'habitant du Midi nuageux affirme
avec sagesse :*

On peut croire en sa bienveillance puisqu'elle
en a offert des preuves.

Le porteur du feu murmure :

Mieux vaudrait pour nous maintenant redescendre
vers la plaine.

D'autres se détournant de lui crient :

Nous voulons l'avenir espéré et promis ! Tran-
quillité et paix !

LE BATTEUR D'OR, *désireux de les exhorter, intervient.*

Dissipons ce nuage ! La vive lumière des hauteurs
doit être une merveille. Nous l'avons pensé. Prenons
ce qui est offert d'abord. Les durs bois aroma-
tiques, en brûlant, n'endorment-ils pas les douleurs ?
Allumons l'herbe qui lie et qui délie, et ne dépré-
cions rien avant l'heure. Qui sait si les craintes
de quelques-uns ne se changeront pas en intrépi-
dité et bon vouloir.

LE PORTEUR DU FEU, élevant la main à côté de la face.

Pourquoi nous livrer aux inconnus esprits subtils de la fumée, aux esprits que même les capnomans redoutent ? L'odeur de ce qui brûle nous est funeste comme l'est une morsure de serpent divin.

LE FAINÉANT

Les voraces oiseaux du Walar assouvissent leur faim avec les cailloux trouvés avoisinant la graine de nénuphar, et les femmes recluses, vivant dans les harems des riches radjpoutes croient, insensées, tels dires que l'on rapporte à leurs oreilles lourdes de bijoux.

Aspirer par la bouche et les narines cette chose qu'on nous vient offrir est inutile et téméraire.

LE BATTEUR D'OR

On ne refuse pas sans offense ce qui est généreusement offert.

> Plusieurs kachmiri agités, les sens diversement confus, se groupent autour des bancs.

LAOUTAMI, se dresse soudain.

A l'homme parvenu ici toute pusillanimité messied ; soyons jusqu'au bout sans réserve. Pour moi je n'ai aucune hésitation.

> Des habitants du Midi nuageux commencent à palper l'herbe hachée, en silence, préoccupés. Le désir

4

d'oser s'est emparé d'eux. Leurs doigts hésitants saisissent les pipes, de forme plaisante, leurs bouches avancées essayent de fumer.

LE PORTEUR DU FEU, tenace.

De même que le sort de l'escargot lourdement avance vers lui celé sous le talon négligent du pèlerin cherchant son chemin, et apporte une mort brutale, de même peut-être notre sort à nous est lié à cette herbe sèche.

L'HOMME DES HAUTES-TERRES

Tu dis vrai ! Si l'offre était d'un poison !

GADDI

Si l'on propose un plaisir qui donne le tourment !

Laoutami se détourne.

LE FAINÉANT, sourit.

J'ai bien affronté, pour parvenir jusqu'à ces lieux, plus d'un danger. Pourtant, je voudrais éviter de placer ma fierté là où placent la leur les baladins et de mépriser stupidement mon seul avantage : la vie ! Une autre chose me guide. Le sentiment le plus noble qui honore le monde quelquefois me gagne : la curiosité. J'aspirerai donc sans frayeur cette fumée, puisque l'oubli des vilenies trop vues me peut réjouir.

GADDI, répète, solennel.

De moi aussi la curiosité s'empare.

> L'un alors imitant les gestes de l'autre, tous rem-
> plissent les pipes de l'herbe hachée, puis appro-
> chant une braise de la noix ils se mettent à
> fumer.

LE MENEUR DE BUFFLES, ayant vivement tiré quelques
bouffées, loquace.

Une odeur..., une odeur âcre..., je ne sens pas
autre chose. Elle en parlait cependant comme d'une
substance précieuse ! J'en fumerais durant des
journées, et je me souviendrais d'elle au lieu de
l'oublier. Il me semble... que mes sens, jusqu'à
ma peau par sa surface entière, seraient capables
d'absorber la vision de cette femme. J'entends
encore les sons tumultueux de sa parole frappant
mes oreilles comme une chanson de pâtre faite
pour éveiller les fées, s'insinuant dans les replis de
mon cerveau et y remplissant des vides vagues.

LE BATTEUR D'OR, s'écrie sur un ton presque cinglant
d'intensité nouvelle.

Camarade ! Ton âme s'adoucit... Moi, oh ! moi
non plus, je n'oublie pas ! Au contraire..., je me
souviens... d'anciens souvenirs, je me revois jeune,
enfant... ha, ha, ha, apprenti ; nous faisions des
farces à notre maître. Un matin, il s'était assoupi ;

alors, nous avons attaché les bouts de son écharpe
à un établi poussé contre le mur. Quand il voulut
se lever, somnolant, il retomba lourdement sur son
séant calleux. Au lieu de nous battre, il nous a
grondés. Pendant longtemps, j'eus honte de cette
plaisanterie. Mais ce n'était pas méchant, et si
drôle..., si drôle...

> Il rit sans discontinuer.

LE MENEUR DE BUFFLES, riant de la même voix aiguë.

Ton histoire est si comique ! De ma vie je ne
me suis trouvé aussi égayé.

LAOUTAMI, à son tour pris de gaieté.

Ceci donne à penser ! Je ris, nous rions, et au
fond de moi-même je m'aperçois que rien n'est
risible. Est-ce à croire que ce séjour doive nous
perdre l'entendement ?

LE FAINÉANT, couché tout de son long auprès du bassin,
sans écouter, parle.

Cette eau des sommets est si limpide ! Il faut que
je me retienne pour ne pas m'y plonger, tant je
voudrais sentir la fraîcheur voluptueusement
m'inonder. Je suis parent de l'eau, c'est elle ma
mère qui m'a créé dans son sein fluctueux. Ces
fleurs aussi sont mes amies... l'insecte, blotti dans

l'antre d'une corolle ne me craint pas. Il reconnaît
en moi un dieu bon, car je ne lui veux aucun mal.
Je souris... Compagnons, soyez joyeux ! Ma joie est
plus subtile que la vôtre... ; sur ses ailes je m'élève
sans paresse. Tout ce qui se découvre à moi m'enchante..., près de moi se tient l'irréel. N'est-ce pas
lui qu'adoraient nos aïeux dans la lueur de la
Pleine Lune réflétée par les étangs tranquilles ! Il
me semble que je suis prêt à nager au milieu des
eaux, à traverser l'espace, à réfléchir le jour, à
absorber en moi la vie, à grandir par le mouvement,
comme en roulant la neige molle se mue en ava-
lanche.

Quelques kachmiri continuent à rire, berçant étrangement la tête, déjà guettés par le sommeil, abattus
malgré le désir nouveau de jouir, tous sens éveillés.
Laoutami, longuement, lutte étendu sur une natte
à quelques pas de ses camarades.
Par instants, il tressaille, ses facultés gagnent en
ampleur, et il perçoit le bruit des insectes, de
plus en plus distinguible, comme si, affleurant sa
peau, il prenait contact avec elle. Un dégoût singulier s'éparpille à travers tout son être, s'accu-
mule dans sa bouche. Malgré lui, il est contraint
à évoquer la figure rebondie de la Dame du
Monde, et il voit tous ses gestes avec netteté. Mais,
dans sa pensée, il n'y a que révolte et fadeur et
absence de tout désir de jouir d'une femme, bien
que l'air qu'il respire lui semble féminin, alourdi,
exagérément suave.
Tout à coup, une vibration inconnue agite l'atmosphère, emportant dans un souffle impondérable
la coutumière placidité de la nature.

4.

Laoutami ne ressent aucune peur; il rouvre un peu les paupières et discerne les poses des hommes endormis. Autour d'eux, tout lui paraît à présent plus amical. Plus variés, des bruits merveilleux se répandent entre les arbrisseaux proches et, afin de mieux les séparer les uns des autres, il referme les paupières et retient son haleine.

D'abord, c'est comme un crissement aigu, un bruit d'ailes floquant, enfin des feuilles, des gerbes d'eau, des êtres indéterminés qui sussurrent, stridulent, rudissent, cacabent, hululent, gloussent, ricanent et grincent sur tons hauts et graves alternants. Bientôt, tous ces bruits se précisent, et il les écoute, ne songeant à rien, attend, épie, avec le désir étrange et ardent de comprendre. Ne reconnaîtrait-il pas des expressions dans la vieille langue du peuple, quelques mots persans, chuchotés? Tous ses sens se tendent vers ce mystère. On lui parlait! Quelqu'un? Non. Les kachmiri s'étaient tus, gagnés par le mol sommeil... Pourtant, des voix différentes, aiguës, insinuantes, glissantes ou sifflantes, rauques, sourdes ou fines, éclatent, percent et roulent tantôt à distance, tantôt à proximité, tout autour de lui. Ne serait-ce pas le cri des faisans, le grognement des hyènes, le braiement du petit âne sauvage, le crépitement des braises, la chute ininterrompue des gouttelettes dans le bassin? Et, près de sa tête, n'y a-t-il pas en dépit de l'aquatique lumière une chauve-souris effrayée qui tournoie en larges demi-cercles? Les voix éparses lui arrivent en ondes légères; Laoutami les distingue et séparant les unes des autres, il comprend que les bêtes et les choses s'adressent à lui dans un langage qu'il interprète.

L'ANE SAUVAGE, renâcle.

Hi-han, hi-han, personne ne fait attention à moi. Si l'on ne m'avait pas attaché avec cet insupportable licou que des fleurs dissimulent, je pourrais tenter de me sauver encore. Ici, tous me bâtonnent pour que je sautille, agacé; ils se distraient en me regardant. Lorsque je puis un instant demeurer au repos, un air atroce me glace. Oh las ! Quand j'étais libre, je pouvais descendre dans la plaine où je broutais les herbes grasses. Je foulais les fleurs sous mes sabots avec mépris et rien ne m'empêchait d'être heureux. A tout instant, je poursuivais de jeunes femelles qui s'enfuyaient farouches, espérant que je les rejoindrais.

Je reconnais ces hommes engourdis qui ont, eux aussi, vécu dans la bonne plaine. Pourquoi sont-ils péniblement venus ici ?

Ah ! Toi qui m'entends, élance-toi, leste et adroit, presse tes pas furtifs, accours, grimpe sur mon dos, libère-moi, qu'ensemble nous retournions là-bas ! Comprends-moi, camarade humain, comprends que je te servirai et que nul de nous ne peut demeurer ici toujours, ici où l'on gèle un jour, pour mourir, l'autre, suffoqué.

LA CHAUVE-SOURIS, sans fatigue zigzague.

Huipsch, huipsch, éveille-toi! Vole vers une ombre plus heureuse! Guette l'heure! Attends l'occasion! Saisis, ne demande rien. A l'ombre on dort d'un sommeil sans danger, à l'ombre on rit.

Vois! Pour moi va venir l'instant où je dois parti-
ciper à la vie tranquille. Fais comme je fais, toi
qui écoutes mes ailes! Déplace, bouge, remue sans
grand bruit... Si l'occasion est maintenant, ne
remets point! Une fois est propice et puis plus
jamais pour les créatures qui vivent en cherchant.
Cherche et fuis! Fuis l'air trop vif, le jour éclatant,
la maison hospitalière. Fuis et saisis l'heure!
Éveille-toi et vole vers la vie aux naturels soucis!

LA PETITE FUMÉE GRISE

monte au-dessus des brasiers, glisse entre les bancs
des dormeurs, caresse imperceptible.

O toi qui me sens contre ton front comme une
haleine, tiède du baiser récent, suis-moi donc! Suis
mon invisible trace, élève-toi, tourne, retourne,
monte encore, disperse-toi! Sache que les suprêmes
joies sont au fond de l'existence mystérieuse, seule
faite d'harmonie, où tout se divise, où tout est
absorbé, où tout disparaît. Suis l'exemple, suis les
spirales qui se perdent, ne t'attarde nulle part! Le
néant est là où on ne le craint guère. Sois action,
sois volonté, soit tout et rien, dispersé et un. Suis
et poursuis! Viens et ne demeure pas en place!
Lève-toi! Marche!

La brise bruit, gracieuse, parmi les feuilles du
jardin.

LES LIÈRRES, frôlent lassement les écorces.

Que chacun demeure où il vit sans peine ! Nous sommes les plus sages et les plus prospères. Le bonheur des plantes est certain. Il est temps que les choses changent chez les hommes.

LES GOUTTELETTES D'EAU,

tombant régulières, chantent sans se plaindre.

Où irons-nous ? Nulle ne l'a jamais prévu. Qu'importe ? Doucement nous tombons, nous frappons, nous glissons ; les glaçons fonderont, les fers rouilleront, les rochers s'effriteront, pourvu que nous soyons exactes comme la Lune, précises comme la foudre, patientes comme la graine semée sur un sol aride. L'inscient qui nous aime comprend ses erreurs. Songe et renonce à l'effort prodigué, aux poursuites qu entraînent trop loin.

LA BRISE,

bruissante, croissant à l'entour, sifflant
dans un saule.

Venant, ventant, de tous côtés, nous guidons le nomade, dirigé vers l'abri. En lutte et en fugue, désordonnés, nous sommes aguerris. Nos plaintes, la nuit, sont des cris victorieux. Grâce à nous, la fraîcheur des monts se répand dans les vertes vallées. Vers là-bas précipités nous confortons les débiles, mais d'ici nous chassons la chaleur égarée.

LES BRAISES, vivaces, plus grêles pétillent.

Consumons ce qui approche, consumons en cachette, purifions ! Sous la couche de cendre ardons et rappelons ce qui est consumé, la jeunesse joyeuse, les tièdes nuitées, le printemps, la douceur des corps pénétrés de vie et joints. Toutes les flammes s'éteignent. Peut-être toi qui nous aimes, peut-être les appelleras-tu en vain, effrayé du froid qui vient. Le froid annihile, le froid fait mourir. Que ne vivrais-tu pas ? Au loin ?

LE DOYEN DES HYÈNES,
secouant sa chaîne, rôde et regarde et sa voix
sort de sa gueule, rauque.

Rrou-khra... Voici..., voici des hommes couchés sur le dos ; étendus pareillement aux cadavres chauffés au soleil et dont la tempête emporte l'odeur. C'est dans cette position seule qu'ils sont utiles, peuvent servir à quelque chose ; chacun d'entre eux diffère au goût selon ce qu'il a fait et mangé dans la vie. Ils ont joui de l'air, joui du soleil, joui de la terre, mais quand nous sommes repus, ils sont en tout détruits, sauf des os durs.

Homme, Homme! Voici que tu n'es pas encore mort à ma convenance; tu dors et vois dans tes songes un autre bonheur que d'être, se mouvoir, mâcher et procréer. Ne penses-tu pas que déjà ton corps est semblable à une charogne et que nous apprêtons nos crocs? Goulûment nous sommes prêts, prêts à déchiqueter, à détruire, à digérer ce dont vous vous glorifiez comme d'une belle parure. Toi-même qui m'entends, tu n'échapperas pas. Mon flair est sûr.

> Des sons s'éloignent; l'air s'allège en silence commençant. Soudain, un cri perce.

LA FAISANE NOIRE

Oai, oai, je suis l'oiseau Hoang qui annonce le bonheur à ceux qui m'entendent au milieu du sommeil et de la nuit, Varuna incomprise, la félicité inscrutable et secrète que l'on rêve quand les ongles d'un appétit non satisfait déchirent les entrailles malgré l'abondance et la plénitude, le bien que sont le souvenir vague des joies éprouvées, l'étreinte insensée de l'espérance qui lutte terrassant la raison, les délices obscures dont on ne parle point, mais qui existent pour ceux qui les daignent chercher. Celui qui me voit et m'entend les possédera. Il peut, sans frayeur, partager la vie médiocre

de ses semblables et ne rien redouter sinon le froid
de la mort qui sans cesse menace, la foudre qui
frappe, le mal qui plane au-dessus...

LE FAISAN BLANC, répondant en des mots distincts.

Oaï, oaï-yh... écoute, discerne ! Sans me reconnaître tu m'as regardé, non endormi ! Distingue,
entend ! Je suis l'oiseau Foung, dont le batte-
ment d'ailes conscient annonce le bonheur du
jour, le modeste bonheur que les bons et simples
peuvent espérer, la gloire pour ceux qu'à peine nés
on enveloppe de soie, l'aliment nécessaire pour
d'autres créés par malchance et en famine, la fortune de hasard, les rencontres agréables, les sourires des femmes, l'inattendu qui chasse vers l'oubli
le morne instant écoulé. Celui qui me voit doit
les posséder. Celui qui m'entend peut allègrement
reprendre son bâton et suivre le chemin qui s'ouvre
à lui. Yh !

Le *Fainéant*, agité d'un sommeil factice, se retourne
et *Laoutami* rouvre les yeux à la nature muette.
Il se met sur son séant et considère longtemps le
jardin auquel son regard troublé ne semble pouvoir s'habituer.

LAOUTAMI, soupire.

Est-ce ainsi ? Oui, pour notre malheur. En
réalité c'est ainsi ; nous avons fait de rudes étapes

Nous avons vu une souveraine singulière. Nous avons mangé..., ne buvant que de la neige fondue... Après..., nous avons goûté le repos tel que l'offre aux pèlerins fatigués la mielleuse usurpatrice.

Comme tant de fois déjà, j'ai voulu peser à son tour la valeur de la tentative nouvelle et je l'ai trouvée, hélas, indigne de l'effort.

Laoutami, Laoutami! Sans doute tu as erré. Oui, vois autour de ce point central extrême des hommes comme toi réunis; qu'attendent-ils sans le savoir? Laoutami! Le destin a pour toi forgé une balance afin que tu pèses une chose plus lourde que l'erreur, une chose pourtant que tu dois espérer puisqu'elle existe, certaine, une chose dont l'amertume ne doit pas brûler ta bouche. Lève-toi maintenant, marche, agis, dispose-toi, transforme-toi, afin de la juger moins haïssable que les gestes vulgaires de tous les hommes malheureux et fiers d'eux-mêmes démesurément.

Rappelle-toi cette chose à peser prochainement, rappelle-toi que l'on nomme, dans la langue de tous les êtres qui vivent, cette chose : la mort.

> Longtemps il reste, la tête baissée, désireux de ne plus penser. Mais toutes les hyènes secouant leurs chaînes les gardiens les frappent avec des bâtons.
>
> Le *porteur du feu* se relève d'un bond, vacillant.

LAOUTAMI

As-tu entendu ? Des voix parlaient à nos oreilles. Pendant ce sommeil funèbre, les choses nous ont avertis. Une occulte puissance règne jusqu'en nous. Prenons garde !

LE PORTEUR DU FEU, s'efforce de sourire.

Un capnoman augurerait-il un avenir bon de la fumée qui trouble l âme?

Ils cherchent à réveiller leurs camarades engourdis. Incapables de se mouvoir d'abord ceux-ci rient encore d'un rire stupide et content.

LE CAPNOMAN, bégayant.

La fumée est chose sublime, faite pour nous diriger...; je me trouve bien dans ce jardin. Peut-être ai-je rendu mon repas?

LE BALADIN, s'étirant, ouvre des yeux étonnés.

Quelles délices ! Penser sans effort, pendant que les sens éprouvent un bien-être inconnu...

GADDI, sans soulever la tête, répète.

Je veux rester ici.

LE PORTEUR DU FEU, sombre, interroge Laoutami.

Pourquoi, déclare pourquoi je ne puis être comme ces satisfaits !

LAOUTAMI

Ils rient... en se plaignant... heureux... tels des ensorcelés. Aucun ne pense clairement.

Les uns après les autres, torpides et surpris les kachmiri prennent conscience d'eux-mêmes au milieu du silence pesant. Difficilement, ils se tiennent debout. Tout à coup, les musiciens, pinçant les cordes, soufflant dans leurs pipeaux, martelant la peau des tambours, envahissent le sol givré, et s'approchent, traînant par le licou le petit âne sauvage, le poussant des poings vers la pelouse.

Des sons aigus et des cris nasillards vibrent dans l'air calme. Le meneur de buffles, qui a bondi, tourne sur lui-même, désemparé et pâle, et on le voit tâtonner, appuyer son front contre le dos d'un de ses compagnons, vomir en gémissant un liquide nauséabond. Tous s'assemblent autour de lui pour railler sa détresse.

A ses hoquets et hurlements, les gardiens des hyènes par curiosité et alléchés se lèvent ; une violente tentation absorbe leurs volontés. Une bête s'échappe, accourt au milieu du jardin. Ayant sournoisement flairé, elle arrache, par derrière, un lambeau de chair vive à un mollet tendu.

Le *Batteur d'or* pousse un cri de terreur, tombe à la renverse et s'évanouit.

Des clameurs menaçantes sourdent, suivies de consternation. On eût dit d'abord une bagarre de gens tous prêts à attaquer, aucun assez hardi pour se défendre, un remous de corps humains gesticulants, criants, mais dominés au fond de l'âme par une crainte mystérieuse. Puis, maladroits, ils cherchent à secourir leur camarade, à soigner sa plaie, maudissant à voix basse les gardiens, lorsque, soudain, dans la cour des hyènes, *la Dame du Monde* apparaît.

Nonchalamment, elle enjambe le monceau de charognes et s'avance vers eux.

Se drapant en plis nombreux le manteau qui la vêt

laisse voir une tunique maculée de graisse ; un pantalon de satin serre étroitement la cheville empâtée ; des mules à talon grossières chaussent ses pieds nus. De taille petite elle paraît agile, quoique sans sveltesse, avec des hanches carrées et le haut de la poitrine bombé comme l'ont les oiseaux trop nourris. En elle, tout est trop court et disproportionné à la fois. Les cheveux sans abondance, ternis, s'enroulent sur des bouffants qui la rehaussent ; un bonnet à la coiffe plate, et carrée comme une tablette, les surmonte. Des deux côtés du visage, des cordonnets garnis de pierreries retombent cachant les oreilles. Toute l'expression des traits est concentrée autour des narines, hardies, d'allure insolente, des rides qu'a creusées à la commissure des lèvres un sourire invétéré. Mais sous les pans du manteau, rejetés sans se croiser, en arrière, on devine les épaules belles qui semblent prendre part aux sensations successives que rien ne cherche à dissimuler. Leur mobilité a quelque chose de féminin, de maladroit, qui déconcerte dès qu'elle parle.

LA DAME DU MONDE

Hommes de la plaine, avez-vous goûté la joie des heures sans souci ? Avez-vous reposé doucement sous ces arbres ? Avez-vous connu la fumée adjuvante, offerte pour vous plaire ? Avez-vous ri de toutes choses comme il sied ?

> Sans prendre garde au silence, elle s'asseoit sur le rebord du bassin, puis continue :

Vous avez osé accomplir un effort prodigieux pour gravir des pentes abruptes. Que ce soit le dernier ! Que vous ne retombiez plus dans les préoc-

cupations chères à ceux qui demeurent en bas !
Suivez mes conseils afin de vous préserver !

> Étonnés, les kachmiri écoutent le bruit des
> pierres suspendues à son bonnet, et qui s'entre-
> choquent quand elle secoue la tête. Et ils
> pensent.

L'HABITANT DU MIDI NUAGEUX

Nous te remercions, ô Très-Précieuse, de ton
accueil. Notre espoir est de nous voir guidés en
tout par toi.

LA DAME DU MONDE

Que voulez-vous de moi ?

L'HABITANT DU MIDI NUAGEUX, troublé, balbutie.

Nous t'avons exprimé cela, et tu sais...

LA DAME DU MONDE

Aucunement. Pourquoi me donnerais-je la
peine de vouloir me souvenir, de supposer ou de
deviner ?

L'HABITANT DU MIDI NUAGEUX

Nous avons demandé de ta faveur...

> Il s'arrête. Autour de lui on crie : Parle ! Parle !
> Enfin il reprend.

Nous avons abandonné nos maisons. La plupart
d'entre nous avaient dans la plaine fertile de vieux

parents, des enfants jeunes, des femmes ordonnées et parcimonieuses, pour lesquels la montée était tendue de dangers ou chose peu engageante.

Nous les avons abandonnés de même que nos biens, faisant d'avance ainsi à ton sceptre brillant et lointain le plus difficile hommage en notre pouvoir.

Adorateurs fervents de ce que les hommes ne peuvent atteindre qu'avec peine, instruits du sort heureux régnant au pays des sommets, nous t'avons demandé d'y vivre désormais...

LA DAME DU MONDE, interrompant.

Oui, je le sais bien.

L'HABITANT DU MIDI NUAGEUX

... imitant ce qui en toi est supérieur. Désigne-nous donc, ô Très-Précieuse, un endroit accessible et propice, peu éloigné des cimes qui gardent ta demeure !

LA DAME DU MONDE

Je le sais ! Vous établir sur mon domaine ! L'effort est bon. Vos desseins ne connaîtront point d'obstacle. Cependant, où cela ?

L'HABITANT DU MIDI NUAGEUX

Où ?

LA DAME DU MONDE

Où vous pouvez le désirer ?

L'HABITANT DU MIDI NUAGEUX

Bienfaitrice, nous te choisissons pour guide.

LA DAME DU MONDE

Révélez vos préférences ! Vous avez cherché ?

L'HABITANT DU MIDI NUAGEUX

Nous avons vu au sud une pente douce, à l'ouest un haut plateau, broussailleux et magnifique, un peu au nord nous avons deviné un vallon, dominant cette demeure, et proche.

GADDI

Voyons, allons, à droite, à gauche.

LE FAINÉANT, bousculant Gaddi, en souriant.

Allons, cherchons, à notre convenance, au choix attentif !

LA DAME DU MONDE, distraite.

Le vallon, où parfois un rayon brûlant arrive et où viride alors le sol s'étend. Prenez-en possession !

L'HABITANT DU MIDI NUAGEUX

O bienfaitrice ! jamais en certitude nous n'aurions su choisir.

LE CAPNOMAN

Tu nous es venue en aide !

GADDI

Une vallée... entre d'aussi hauts sommets ! Un bonheur nous échoit.

L'HABITANT DU MIDI NUAGEUX

Merci ! Oh ! innombrablement merci !

LAOUTAMI, bas.

Cependant..., nous ne savons guère où nous allons.

LE PORTEUR DU FEU, se dresse soudain et demande.

Le soleil n'y luit pas comme ici ?

LE FAINÉANT, inquiet et narquois, tout ensemble.

Est-ce que des fauves nombreux y habitent déjà ?

LA DAME DU MONDE

Attendez ! Par les monts, petits hommes ! Qu'au moins vous ne soyez pas tremblants, sans cesse ! Dans cette contrée l'heur est de savoir ne point augmenter ses soucis. Est-ce que rien de tout cela peut avoir une importance ?

LE FAINÉANT

Si, à tout prendre, les éléments aiment à faire la guerre aux plus paisibles...

LA DAME DU MONDE, relevant la tête et faisant tinter comme des clochettes les pierreries.

Sachez, bons dévots, que cela peut contenir un bien immense. Vous ignorez donc tout ! Une déception, une fatalité, une infortune suprême, venue d'où, de nulle part, s'il en était ainsi, est néanmoins pour vous une appréciable chose. Que l'imprévu se dresse devant vos regards, formant un mur qui se confonde avec de connus nuages ! Vos forces en seront accrues et vous aurez gagné du coup un bien. Allez toujours en souriant ! Ce qui parmi vous est trop débile sera éliminé. Et c'est justice. Que l'ivraie périsse au pied de ce mur. Qu'importe ? La force est comme la victoire faite pour servir, et à personne ne sied d'en mesurer d'avance ni les ressources ni les buts. Les grandes joies ne sont conquises que grâce à des mains de fer.

LE MENEUR DE BUFFLES

En voici, en voici !

5.

LE PORTEUR DU FEU

Tous ceux que tu vois ici ont eu un beau courage.

LA DAME DU MONDE

Et vous voudriez n'être plus courageux jusqu'au bout?

LE FAINÉANT

La réflexion...

LA DAME DU MONDE

... ne sert à rien, braves gens !

Ses épaules remuent, elle rit énormément.

LE PORTEUR DU FEU, le front grave et très pâle.

Tu sais notre confiance, nos renoncements, notre espoir affirmé. Et tu nous dis : « Attendez, est-ce que cela a une importance. » Ta sagesse est-elle en de telles paroles? Réfléchis et rappelle-toi que nous ne sommes pas déments. Malgré nos rêves anciens, nous sommes des hommes et nos espérances, de dimensions amplifiant l'esprit, ont droit à un égard. Demande encore une fois à tous quels sont nos sacrifices !

LA DAME DU MONDE, rit de nouveau aux éclats et stupidement ses épaules participent à sa gaieté.

Ton langage est singulier sous ces arbres qui

obombrent ma vie enviée par tant de tes semblables.
Étrange hôte! Pour pouvoir me respecter, il faut
d'abord que tu me juges et commandes.

LE PORTEUR DU FEU

Librement je suis venu vers toi, mais en un
instant j'ai compris que tu éblouis des faibles sans
fortifier les forts. Sache donc que le jour où ces
hommes francs, sans crainte et sans arrière-pensée
sont parvenus jusqu'ici, est pour toi le jour du plus
grand triomphe. A leur tour, d'autres, éclairés,
viendront te maudire.

LA DAME DU MONDE

Que me fait la malédiction de celui qui s'adjuge
son savoir? Ceci est un centre où je règne, faisant
ce qui me plaît. Il n'est pas le seul; partout, sur
tous les chemins où des caravanes se rencontrent
il y a des hommes dévoués à moi qui agrandissent
mon pouvoir. Je n'ai même pas à les récompenser.

LE PORTEUR DU FEU

Mais un seul malheur peut détruire la joie de
toute une caravane. Vois notre camarade inanimé
dont le sang s'écoule déjà sur le sol qui t'appartient. Ne sommes-nous pas frappés en lui? Ne
craignons-nous pas justement d'autres dangers
menaçant ici? Donne-nous la sécurité!

En des plaintes lentes et timides, les émissaires se
joignent. *La dame du monde,* ayant d'un regard en
biais considéré *le batteur d'or,* sourit et agite
ses épaules.

LA DAME DU MONDE, avec quelque vivacité.

Vous n'avez pas compris, petits êtres indignes
encore ; votre faiblesse est grande ! Il faut compter
avec la malchance ; mais honte à celui dont l'esprit
en reste frappé ! Exhortez-vous, hommes dépour-
vus de grandeur sublime ! Tout cela a-t-il pour
vous l'importance supposée ? Les soucis quels
qu'ils soient n'engendrent que folie.

LE PORTEUR DU FEU

Levant ses deux poings au ciel, poursuit, véhément.

Les folies m'ont épargné. Dévoué à mes vœux,
dans une mesure préétablie, je respecte ce que
j'aime. Je veux combattre ce qui me peut nuire. En
une parole qui pèse tu t'es révélée : cela me suffit
et me sert d'appui. Je vois clair sans effort. Et
ceux qui s'expriment comme toi, leur race entière,
je les abhorre et répudie.

LA DAME DU MONDE

Bouillant, à l'affût de désordre et d'inutiles
soucis ! Tu ne crains pas mon pouvoir !

Aucun geste ne trace une réponse. Alors elle
ajoute avec indifférence.

Il est bon que nul n'éprouve des regrets. Que vos vœux soient exaucés! Allez vers ce vallon là-bas, vous établir en paix. Je ne suis peureuse ni vindicative. Je ne punis pas puisque je me plais dans l'indulgence.

> Ils la voient s'éloigner de sa démarche dansante ;
> gaiement elle enjambe le monceau de charognes.
> Seul, *le fainéant* parle très bas, immobile, comtemplant du regard fixe le bassin.

Quand par mégarde ou délibérément un homme pose son pied sur la queue du tigre, celui-ci, certes, ne punit pas... Croyant se défendre il s'érige en juge.

LE PORTEUR DU FEU

Que tes paroles évitent de rappeler les siennes ! Son langage trop mystérieusement détaché a augmenté ma prudence. Et cela même ne me sert à rien !

LAOUTAMI, bas.

Divinité-femme ! N'écoutant rien, s'ignorant elle-même...

LE FAINÉANT

Savoir ! Nous n'avons pas su choisir. Personne ne s'est soucié de nous conseiller. Stupides, nous avons compté sur quoi, sur qui, en pleine nature? Malédiction, hélas ! méritée. Ce qui à l'heure grave dirigeait cette fois encore nos volontés se nomme : Hasard.

—o✿o—

III

La ferveur des uns à évoquer dans le site nouveau
le bien-être futur engage les autres à se plonger
dans un plus morne marasme. Des soucis ignorés
jusqu'alors surgissent de partout. Il y a combat,
incertitude, et, à la surface, volonté.
Cependant les laboureurs défrichent, creusent avec
zèle dans cette terre durcie, font fuir trimères et
myriapodes, affolés sous la menace des meurtriers
outils. La sueur coule en gouttes énormes sur les
tempes, s'insinue dans la barbe de ces hommes
qui gravement se parlent entre les coups de pic.

LE PREMIER LABOUREUR

Travaillons, travaillons, camarade, un coin de ce
sol ! Si nous ne devons rien récolter nous-mêmes,
notre joie sera d'avoir à chaque étape agi selon les
moyens confiés à nos mains.

LE DEUXIÈME LABOUREUR

Il est écrit que rien ne sera réellement accompli
en vain sur la terre qui doit nourrir les hommes.
Là où le soleil vernal parvient à fondre les glaciers,
une eau abondante se déverse à propos et gonfle
les semences. Le blé noir pourrait mûrir ici, je
crois, et plus loin, là-bas, l'orge sinon le riz
parfait.

LE PREMIER LABOUREUR

Si nous n'avons pas récolté encore, est-ce un sujet de plainte ? Ne ressemblons-nous pas à d'autres, qui pourtant labourent des champs où les oiseaux mangent ce qui doit germer, où la grêle fait ployer les épis, détruisant la fleur. Sans la fatalité n'aurions-nous pas connu près du Djhilam le bien-être mérité.

LE DEUXIÈME LABOUREUR

Dans la plaine de nos âmes l'espoir suit étroitement le sillon tracé par le désir. A cause de cela nous sommes venus. Verrons-nous un jour ce lieu couvert de demeures tranquilles entre les carrés de blé ? L'orage flétrira-t-il les grappes sans nuire à la maturation ? Ces choses aussi sont écrites, mais la faculté de présager ne nous appartient point.

LE PREMIER LABOUREUR

Ceux qui prévoient les choses à venir, camarade, se trompent autant de fois que nous. Pour moi, j'ai de la peine à voir ce lieu plus favorable que d'autres où nous avons vécu proches de l'infortune et des foules soucieuses.

> Ils s'arrêtent et appuyés sur leurs pics ils regardent autour d'eux. Les transmigrés téméraires haletant d'ardeur les uns, les autres excédés perambulent,

çà et là examinant le sol couvert de plantes san[s]
couleurs, rabougries et velues comme le corp[s]
d'une chenille.

L'endroit est un spacieux vallon, aux deux extré[-]
mités rétréci, encaissé telle une cale profonde d[e]
navire, où l'on accède par un sentier s'enfonçan[t]
entre des rochers abrupts revêtus d'une mouss[e]
humide et glissante. Sur cette contrée sans arbre[s]
la brume flotte, diaphane comme à l'aube u[n]
amoncellement de rets tissus par des arachnide[s]
et ornés par la rosée. Alourdie vers ses bor[ds]
elle empêche de voir les sommets de la chaîn[e]
qui du nord au sud enserre la vallée inégale. Il[s]
distinguent cependant entre les flocons de cett[e]
opacité les murs du château fort où vit la Dam[e]
du Monde.

Quelques-uns, découragés devant ce qui reste à fair[e,]
maintenant que le but est atteint, sont assi[s]
l'écart, l'esprit errant vers l'inconnu hospitalie[r.]
Mais l'*Habitant du Midi Nuageux* se prodigue, [va]
de groupe en groupe, essaie de réveiller tout[es]
les espérances, remémore les anciennes heures [de]
joie prématurée que troublaient à peine [les]
montées difficiles.

Le meneur de buffles s'approche des laboureurs. [La]
vivacité de ses gestes exprime le contentemen[t]
ses yeux semblent prêts à tout approuver.

LE MENEUR DE BUFFLES

C'est nous qui ferons de cette vallée un pa[ys]
habitable et fertile. Ah ! les amis ! D'ici peu j[e]
commencerai. On verra ce que peut faire u[n]
homme que nulle souffrance n'a jamais abattu. J[e]
vais enfin pouvoir amasser des matériaux ; je tran[s-]
porterai des fragments de rochers si gros que d[ix]
suffiront pour les fondations d'une maison. J[e]

monterai jusqu'ici sur mes propres épaules des troncs d'arbre solides et j'en ferai des toitures que nul vent ne pourra ébranler.

LES LABOUREURS, avec calme .

Tu vis avec la seule pensée d'émerveiller.

LE MENEUR DE BUFFLES

Ne saurais-je pas frapper de stupeur quand j'en ai le désir? Qui donc est mieux que moi doué ?

GADDI, persuasif et solennel.

Ne serions-nous pas heureux à présent ! Allez ! Remuons-nous ! La lassitude est une erreur. Et puis, nous avons été accueillis ! Moi je me revois dans cette salle voûtée où sur les tables attendaient de succulents riz safranés, des viandes noires et grasses, des fruits roses, délicats au toucher, des sorbets auxquels les rayons obliques du soleil, tombant par la fenêtre étroite percée dans le mur n'enlevaient pas la consistance agréable au goût.

LE MENEUR DE BUFFLES, exulte.

Elle était affable et joyeuse, et si digne que l'on ne peut vraiment la décrire.

L'HABITANT DU MIDI NUAGEUX, élevant la voix.

Enfin heureux et exempts de tous les soucis

d'autrefois, inutiles dans cette vallée si voisine de sa demeure sans pareille ! Nous voici donc arrivés au terme désiré pour vivre sans tourments sous l'égide de la souveraine la plus altière. Cette terre semble aride, mais nous y connaîtrons le bonheur selon un idéal que nos pères ont imaginé seulement et que les récits des voyageurs nous ont fait comprendre mieux et mieux aimer. Il nous faudra maintenant en patience édifier nos premières habitations modestes. Un jour, si le destin le veut, celles-ci deviendront solides comme des châteaux forts, semblables à ce palais que nous voyons et où s'abrite contre toutes choses vulgaires la Dame du Monde.

GADDI, invariablement satisfait répète avec insistance.

Sans retard commençons ! Édifions d'abord quelques logis où nous réfugier. Près d'ici nous trouverons des matériaux en abondance. S'il le fallait néanmoins nous irions en chercher plus loin.

L'HABITANT DU MIDI NUAGEUX, désigne un coin entre des rochers protecteurs.

Voici des emplacements pour chacun.

Un groupe de kachmiri s'approche des parois élevées, palpant les pierres qui s'en détachent. Comme ils s'éloignent le *Porteur du feu*, le *Fainéant* et *Laoutami* s'arrêtent pour parler avec tristesse de leur déception.

LE FAINÉANT

Aucun d'eux n'a voulu nous écouter. Leurs propres rêves les grisent.

LAOUTAMI, soupire.

Pourquoi ai-je suivi une foule s'exhortant mutuellement, aveuglément partie vers cette montagne stérile et dédaignant nos plaines riches ? Pourquoi les songes de mes veilles ne m'ont-ils pas mieux guidé ! Depuis que les terres se sont séparées des eaux et que les reptiles ont fui les premiers traits des hommes le destin défend aux peuples élus d'approcher les maîtres auxquels ils sont soumis.

LE PORTEUR DU FEU

Pourquoi une chose arrive-t-elle différente toujours de ce qu'on a cru et espéré ?

LE FAINÉANT, répond.

Pourquoi ! O vous, mes amis ardents, mes contemporains éclairés ! Pourquoi ? Ce mot est éternel ; tant que des astres vivants révolueront autour des soleils mystérieux personne ne manquera de l'énoncer. Mais il y a une juste remarque ! Ceux qui auront réfléchi pourront seuls prévoir quand un effort ne mérite pas d'être tenté. L'inaction a également sa valeur exacte.

LAOUTAMI, découragé, écoutant à peine, se lamente.

C'est là notre faute ! Nous nous sommes trompés. Nous qui presque heureux avons vécu jusqu'à présent dans la plus riche vallée du monde, à nous il a fallu les monts les plus hauts entre les glaciers les plus froids. Oh las ! Que sommes-nous venus ici nous souvenir des arbres aux fruits que des rayons doux et proportionnés gonflent de sucs et colorent de pourpre à la juste hauteur de nos toits anciens ?

LE FAINÉANT

Reconnaissant l'erreur sachons la réparer en quittant cette place.

LE PORTEUR DU FEU, qui regarde les kachmiri aller et venir, s'écrie.

Voyez-les tous ! Ne sont-ils pas grisés comme d'un vin trop jeune qui monte au cerveau ? Rien ne leur fera conprendre que nous sommes tous faits pour connaître une destinée moins âpre et un idéal différent. Nous n'avons point voulu être pareils à de malheureux esclaves qui peinent sous les yeux négligents d'une folle usurpatrice.

LE FAINÉANT

Elle ne fera pas toujours la loi sur les sommets

élevés. En dépit de son crime, en dépit de la puissance qu'elle possède la Dame du Monde est mortelle. Ceux qui la veulent vénérer devineront dans l'avenir tout ce qu'elle a pu faire de haïssable et de funeste, et tout ce qu'elle a omis de faire afin de mieux mériter les louanges candides.

LE PORTEUR DU FEU

Ces pauvres égarés attendent d'avoir, à l'instar d'elle, un jardin à la place de cette géhenne. Déjà ils discutent, font leurs projets, se disposent à briser les roches dures, à s'accommoder sur cette terre glacée pour y vivre sans trembler.

LE FAINÉANT

Dans un espoir trompeur, avec la certitude de mourir ici ! Car cela désormais est ce qui nous attend de réel. A moins que, grâce à la chance qui signifie salut des insensés, nous ne réussissions, nous trois, à fuir.

LAOUTAMI, murmure.

Ne parviendrons-nous donc pas à leur faire discerner nos sûres appréhensions...

LE PORTEUR DU FEU

En vérité, un devoir est échu aux êtres raisonnables : celui de convaincre les fourvoyés.

LE FAINÉANT, *dédaigneux en apparence.*

Cette tâche dorénavant est vaine. Ne songeons
qu'à nous-mêmes s'il en est temps encore.

LAOUTAMI

Ce sont nos semblables, nos amis, avec lesquels
nous avons partagé joies et espérances, douleurs et
fatigues, en même temps que du millet et du riz.
Montrons-leur...

LE FAINÉANT

D'abord regarde ! Inutilement tu tenterais !

LAOUTAMI

Oui, tous ont l'attitude, comme vibrante d'orgueil,
de la flèche qui vient toucher le but. Ils se plaisent
dans l'attente des jours futurs, et cela suffit à
m'ispirer un doute indécis. Mon entendement se
révolte et, pourtant, en les voyant l'envie me prend
d'être confondu dans leurs rangs, de pouvoir comme
eux persévérer.

LE FAINÉANT

Quand on voit d'un côté beaucoup d'hommes
convaincus d'une chose qu'ils ignorent, de l'autre
un ou quelques-uns dans l'attente triste du contraire, je certifie que le nombre infime erre le
moins.

LAOUTAMI

Faudrait-il croire une chose malheureuse pour des hommes qui peuvent penser ?

LE FAINÉANT

La plupart veulent ce qui les flatte. Écoute pour me comprendre...

> Mais déjà Laoutami s'en va vers ses camarades et le Fainéant se tait. Quelque chose de plus fort que sa raison domine tout à coup dans son âme, et il lui faut du temps avant de pouvoir discerner ce qu'il lui reste à dire et à faire.
>
> Brusque comme la foudre, un tourbillon de vent glacial vient balayer le vallon. Un souffle indomptable en fait le tour, s'élève, chassant les nuages qui fuient, entraînés dans le ciel et remplacés aussitôt par d'autres, noirs et pesants, puis il s'abat avec une force accrue, de plus en plus froid, jetant le désarroi dans l'esprit de tous. Désespérés, ils courent à droite et à gauche, cherchant à se mettre momentanément à l'abri, comme ils le faisaient de coutume lorsqu'un orage sévissait sur la plaine. De tout leur corps ils tremblent, secoués par le froid, enveloppés par le vent qui soulève déjà sur le sol des pierres plus grosses que des abricots sauvages. Puis, la neige se met à tomber et l'ouragan pousse les flocons et les aiguilles de glace dans les moindres creux de la montagne. Les hommes accroupis ou en quête d'insuffisants refuges commencent à en être recouverts. Sous les nuages noirs, l'étendue du vallon luit de blancheur rapidement amassée et bientôt la couche belle engourdit plus que la tourmente n'effraie.
>
> Les voix des kachmiri ne s'entendent que par saccades entre les coups et les éclats sonores des éléments.

LE FAINÉANT

Inattendue comme l'éclipse, voici la fatalité, à faux sans cesse fulgurante, suaire des pensées et des actes bons, ennemie des hommes inventeurs de justice, fatalité, désordre universel ! Comme alors les bêtes se couchent pour dormir, tous ici n'ont qu'à attendre la mort. Quelques-uns seulement l'ont prévue ; ne s'abandonnant pas à la douleur, ils réfléchissent pour agir sans crainte.

Un silence lourd de tergiversations secrètes les accable.

LE PORTEUR DU FEU

O entraînement, soumission, foi naïve, calamité menaçante ! Imprévoyance accouplée à un destin impitoyable ! Malheur ! Qui entreprendrait de pousser ces volontés éparses et apeurées vers le salut ? N'ai-je pas vu le danger imminent ? N'ai-je pas vu les hommes veules et incapables de se préserver, n'ai-je pas vu le feu, que personne n'aurait su entretenir, éteint ! et pourtant c'est à moi qu'ils reprocheraient les méfaits des éléments !

LE FAINÉANT

La mort rôde au hasard parmi eux, posant ses pieds silencieux autour de nous-mêmes. Quand on verra sa trace, il sera trop tard. Encore le temps de fuir nous reste. Venez !

LE PORTEUR DU FEU

J'y ai pensé. Par ici nous pouvons redescendre vers une contrée où de grands pins protègent les voyageurs surpris. Je sais le sentier qui sous la neige duveteuse y mène.

LAOUTAMI, courbé, les épaules blanchissantes, réapparaît et d'une voix lugubre.

Nos compagnons ont oublié la peur du premier instant; quelques-uns sommeillent tranquillement, je les ai vus, j'ai palpé leurs mains refroidies. D'autres parlent, essayant de marcher. Ils semblent espérer que la Dame du Monde vienne nous secourir..., mais ils connaîtront leur erreur. Je leur démontrerai...

LE PORTEUR DU FEU

Qu'importe ! sauvés de ce désastre nous lutterons pour d'autres fins, moins hasardeuses. Viens !

LAOUTAMI, obstiné.

Je les entraînerai, moi, puisque tu les abandonnes. Qu'ils soient sourds ou inertes, je veux que mes insultes bonnes les réveillent, et gardent à la vie.

6

LE FAINÉANT

Viens, l'insouciance sème le poison et la mort ;
qu'au moins les sages n'en deviennent pas victimes.
Viens, sans réfléchir !

LAOUTAMI, adouci, secouant la tête.

Je veux les voir ; quand même ils me haïssent je
dois leur être une aide. Peut-être ce lieu deviendra
tombal à nous tous qui nous sommes trompés.

Adroitement *le porteur du feu* s'élance au pied d'un
rocher. *Le fainéant* le suit tristement disant :

Fais ce que tu peux, quoique en vain. Adieu,
camarade !

Se retournant *Laoutami* voit non loin de lui un
groupe de compagnons à l'allure de vaillants entre
lesquels *L'Habitant du Midi Nuageux* cherche à se
faire entendre, tranquillisant les effrayés:

La bourrasque diminue de violence. Rendez-
vous-en compte ! Ne soyez plus esclaves d'une peur
imprévue ! Ce que nous voyons est naturel pour
une contrée de montagnes. Tout juste une poignée
de neige glacée que chasse la rafale. Moi, je peux
l'assurer, en plus d'une occasion j'ai vu de pires
tempêtes... cependant je suis aussi de la plaine.

Mais un murmure s'élève, des voix en détresse
couvrent ses paroles, percent le bruit des coups
de vent. La fatalité qui flotte autour des kach-

miri prend corps, devient sensible à tous dans
une phrase qui erre de bouche en bouche, répétée
tout d'abord avec inconscience : « Le feu est
éteint. Rien ne s'opposera plus au froid péné-
trant avec la bise des monts et à la neige mortelle.
Le feu est éteint. »

Au bout d'un instant alors à nouveau la peur fait
relever les moins engourdis de ceux qui se sont
affaissés. Ils se massent autour de l'homme qui
les guide. Chacun sent le danger imminent et
leurs yeux grands et tristes demandent une consolation. Pour affirmer l'intarissable fond de son
habileté *L'Habitant du Midi Nuageux* ajoute : « Le
feu est éteint, dites-vous, on nous en donnera au
château fort. »

D'autres voix reprennent : « Oh las ! C'est un pré-
sage de malheur ». — « Le porteur du feu a
disparu. » — Il était faible ; peut-être est-il déjà
mort. » — Faible ! Cet homme nous a plutôt
trahi. » — Il nous a frustrés, emportant le feu,
notre bien et notre ressource extrême.

Des gestes de désespoir multipliés expriment l'émoi
de tous ces hommes qui se sentent abandonnés
par le destin. Pourtant les têtes penchées sur les
poitrines n'osent pas reconnaître la terreur qui
les enveloppe. On ne songe qu'à geindre et à
accuser.

LAOUTAMI. qui non-proférant une parole les a écoutées.
répond à tous.

Vous faut-il donc accuser quelqu'un de ce malheur? Par les temps d'épouvante seule la fatalité
est leur cause, ou chacun dans son champ. Rappelez-vous ! En commençant à vivre on nous
apprit à aimer ce que l'aveugle doit le mieux voir,
nous avons vécus favorisés, par la contemplation
intime de notre Idéal à mille aspects, presque heu-

reux, puis agacés par une vie humble, entourés de fiers, nous avons cru découvrir la source d'un contentement — fragile — grâce à la protection d'une femme qui règne dans l'astuce sur ces légendaires sommets. Ayant mieux que nous et tôt reconnu l'erreur notre porteur du feu n'est pas, soyons tranquilles par nos brefs coups d'œil, un traître ! Cherchez le chemin du salut, cherchons ! Essayons de fuir s'il en est temps.

> A ces paroles tous s'agitent, levant au ciel des bras gourds, se regardant les uns les autres, consternés. « Si nous pouvions nous réfugier dans les jardins du château fort », conseille *Le Bateleur*.

LE BALADIN, secoue la tête.

La neige en recouvre le chemin. Mais par ici, sur notre gauche, nous trouverons un ravin non comblé, j'espère. Une issue donne sur le col où passent les marchands. Ma corde peut servir à y descendre.

> *Gaddi*, effaré, encourage les autres, et parvient à enrouler la corde autour de la base d'une roche. Comme il se penche sur le précipice le chanvre tordu se rompt, et il tombe sans pousser un cri. Tandis que quelques-uns s'approchent pour voir le gouffre, *L'Habitant du Midi Nuageux* découvre une pente étroite où la couche de neige paraît sans épaisseur. Seul il se met à courir dans la direction du château fort. Mais un coup de vent de violence accrue balaie ce point d'accès du vallon et on voit son corps renversé glisser sur la pente, choir et disparaître.

Écartant avec majesté les kachmiri proches le capnoman aux yeux vitreux fouille d'une main bleue
et brillante sous son manteau et sort de sur son
sein une cassolette d'argent. Il en lance les cendres contenues dans l'espace. Le vent les ayant
dispersées il prononce :

« Le sort est manifeste ! ô mystère plein d'éter-
nelle menace ! Le sort s'est révélé. Par les cendres
et le vent les chassant comme une grise fumée il est
manifeste qu'un danger nous entoure. »

> La rafale lui enlève la cassolette des mains. *Le bate-
> leur* gémit : « Nous sommes sans feu et sans
> fumée secourables. Et la cassolette qu'il nous
> incombe de retrouver ! »
> Il se met à genoux pour chercher ; ses bras s'enfon-
> cent dans la neige et bientôt il demeure ainsi,
> comme un animal sur les quatre membres, immo-
> bile.
> Le vent s'est un peu calmé, mais les flocons tom-
> bent sans répit, énormes, le froid devient plus
> intense.
> Derrière le capnoman les corps des laboureurs sur-
> gissent à peine encore et on voit l'*Homme des Hautes-
> Terres* essayant de marcher, en cercle, aveuglé,
> autour d'eux. Les compagnons raidis et muets
> distinguent au milieu du tapis blanc deux petites
> bosses noires qui sont leurs dos. Tombé à la ren-
> verse, les deux poings dressés, le *Meneur de buffles*
> crie d'une voix rauque et affreuse :

Ce n'était pas elle, non, non, je sais à présent
je comprends... mieux que vous... je ne suis pas
perdu... ni égaré, ni mort... j'attends quelqu'un...
une femme... quiconque... il faut m'entendre...
faire cela pour moi... peu de chose... de la ten-

6.

dresse... une main douce et une voix qui aime...
j'attends, quiconque... aux pas légers près de moi...
je suis là... une femme doit venir, je ne suis pas
mort... une main douce et une voix qui aime...
entendez-vous ?

> Personne ne répond à cette lamentation qui gra-
> duellement faiblit. La neige tombe, implacable, et
> les uns après les autres tous saisis par l'irrésis-
> tible besoin de repos s'étendent, s'enfoncent ou se
> renversent comme les figurants en papier doré sur
> la scène menue d'un théâtre de temple.
> Entre les parois nues des roches et les aiguilles,
> bientôt tout paraît dompté et figé. Seul *Laoutami*
> se tient encore debout, d'affront par la force de
> l'esprit tourmenté. Il tente de se mouvoir entre
> les Kachmiri ensevelis. Inclinant la tête vers leurs
> poitrines, de toute sa volonté, il veut discerner si
> quelque souffle de vie les soulève. Mais peu à peu
> le froid s'insinue sous son propre vêtement. Ses
> entrailles semblent se pétrifier, friables comme le
> verre, insensibles comme ses cheveux flottants.
> Une faiblesse de tous les muscles le cloue sur
> place, plongé jusqu'à mi-corps dans la molle et
> grenue blancheur. Avec ses bras déployés comme
> des ailes et sa tête large rejetée en arrière, il res-
> semble à un oiseau épuisé attendant la mort sans
> vouloir tomber. Mais il pense, dans un égarement
> lucide, et ses lèvres disent des mots derniers :

Tous sont venus, confiants dans celle qui gou-
verne plus haut que les nids des bêtes de proie. Et
voici l'enfer de glace où sa sollicitude feinte nous a
réservé l'anéantissement stupide et inutile. Mon
cœur volontiers rebelle s'insurge et mon cerveau

alourdi recouvre toute sa force de haïr en perce-
vant cette infamie qui s'étale devant son entendement.

Dame du monde ! Titre trompeur que nous
autres, naïfs, n'avons point marchandé à l'Usurpatrice maudite. Maudite ! Créature qui ne mérite
point de nom sur la terre hospitalière à ceux qui
chérissent leur propre vie. Maudite ! Exécrable
leurre ! Faiblesse qui réussis à dominer ! Que les
reptiles envahissent en nombre ta demeure, que leur
venin souille ta couche et emplisse les récipients où
tu disposes ta nourriture? Que tout ce qui vit auprès
de toi, que tout ce qui t'approche crache la puan-
teur et répande une odeur si infecte que tes entrailles
en tremblent et que ton cœur avant de s'arrêter
se gonfle et devienne comme un bloc de plomb trop
pesant à porter dans ta poitrine ! Que tes pieds
pourrissent et refusent de traîner ton orgueil au
milieu de la Nature. Que les animaux mâles et
mordent la nuque et polluent ta croupe graisseuse !
Que toutes les bêtes pourvues de grifle déchirent
ton ventre afin que jamais tu ne sois fécondée en
jouissant et ne puisses donner la vie à une créature
ressemblant à toi par quelque reconnaissable signe.
Que les mâchoires des chacals broient les membres

qui servent à se mouvoir et ceux qui servent à enlacer l'amant et à bercer les petits ! Que les pandas
fugitifs et les dragons invisibles dévorent de toi
jusqu'à la mémoire ! Que les divinités supérieures
te montrent le néant de ton existence, hideuse ! et
que le désir d'être méchante s'épanouisse en toi,
t'anime et te sépare, avant la décomposition, de ce
qui peut demeurer respecté entre les humains !
Honte ! Vilenie ! Imposture faite pour tromper les
bons.

Laoutami ouvre démesurément ses yeux hagards.

Le soleil doit être, sur la plaine, à son déclin…
Dans ma bouche quelque chose est figée. Cependant
il me semble que cette neige maintenant me brûle.
Tout autour de moi le sol est d'un rouge ardent.
Mes oreilles entendent le bruit d'un gong qui
appelle…, cela me fait mal…, ne pourra-t-il
pas réveiller mes compagnons qui sommeillent,
l'âme appuyée sur les rochers durs… Les monts
écartent leurs cimes… Qui sait, si au delà, plus
haut… Qu'est-ce ? je rêve sur un nuage qui se
dissout au crépuscule… et voici l'heure où viennent
les hyènes. Mes yeux les voient fouir, là-bas.
Horreur ! Ils mangent. Si tôt ! Que peuvent-ils
manger dans le nuage de neige ? Ah ! serais-je

demain la masse immonde que digèrent leurs corps ventrus ? Ce qui naguère illuminait cette chose à peine vivante que je suis, qui concevait la haine louable de ce qui fut mal, sera-ce au lever du soleil un excrément d'hyène dont se nourriront des insectes voraces, plus féroces que des fauves !

Je n'ai plus la force de sentir et peut-être ma raison est morte avant mon corps... j'entends... j'entends cependant, encore. Le bruit du gong... puis aussi... aah ! C'est la voix qui vient de là-bas, derrière ces murs effroyables et gris qu'hier je regardais sans effroi, cette voix maléfique qui me torture et plus que le vent glacial me glace, l'horrible et infâme gazouillis engageant pour perdre volontaires et veules... je l'entends sourire : « est-ce que rien de tout cela peut avoir de l'importance ».

1908-1910.

—o✤o—

La Sampane de l'Aurore

I

La baie de Nelombo, vaste, de nuit encore assombrie, dort en sommeil qui cède au jour. A terre, sur le sable, les maisons aux toitures conchoïdales, telles des carapaces tassées, s'enfoncent paisibles dans la lourde obscurité. Mais dans le port sans vagues, l'œil éveillé distingue des haubans, des beauprés, des pennes, fines comme du filin noir contre un ciel incolore.

A l'ancre, imperceptiblement bercées, les coques se confondent avec les eaux. Près des étraves et sous les poupes pesantes bruit un clapotis éternel et dans les moufles grincent çà et là des cordes mal tendues. Puis, déjà, d'autres sons viennent de loin : une chaîne qu'on élonge, un capot d'écoutille qu'on rejette, une amarre larguée frottant contre le taille-mer.

La vie frissonne. Une bande orangée s'étend, lève, grossit comme une brume incandescente et froide sur l'horizon. La nappe mate au delà du port se recouvre lentement de feu, flave d'abord, puis pourprin, scintillante partout et pareille à un tapis embu, ocellé d'ombre et d'éclat. Perçant la vapeur, le soleil ascendant ranime Nelombo. Majestueux et chétifs tout ensemble, les vieux navires surgissent dans l'air devenu pour un instant dense et comme massif.

Il y a étrangement réunis, dans ce port, que deux promontoirs défendent, des caravelles et des chénisques, des fustes et des bisquines, des tartanes et des galiotes désemparées. Des skiffs, des acons, même des pirogues et des flibots à plates varangues se meurent près du rivage entre les jonques fatiguées et les sampanes plus vivaces. Et sur la rade des bricks, des goélettes, des clippers et des cargo-boats se balancent sous la brise renaissante.

A la place de voiles, les vergues portent des vêtements lessivés, flottants. Quelques colonnes de mince fumée surmontent des tuyaux de tôle. Dans une yole, deux hommes hâlent sur l'amure avec lenteur. C'est le jour nouveau.

Sur le bordage d'un vaisseau respectable, mouillé

près du goulet, de hautes lettres en laiton poli rougissent à l'aurore, proclamant pompeusement son nom *Le Leakington*. Les gouttes lourdes du goudron qui reluit, noir, sur le calfatage, cachent mal que tout y est disjoint, se fendille, vieillit et s'use.

Les matelots de quart forment près du roufle, sur le pont, un groupe matinal.

Moonir, la vigie, pâle comme un homme habitué aux veilles, les paupières lourdes prêtes à se refermer sur ses grands yeux, bleus comme le ciel par les soirées boréales, somnole sur un matelas, le bras retenu au bossoir d'une ancre énorme couverte de rouille. Très bas il se parle à lui-même :

« Voici la lueur annonciatrice du jour ! Déjà les gens de cette villace se lèvent, se prosternent en prière, préparent leur nourriture ou vont à sa recherche. Quelques-uns s'apprêtent à descendre vers le port visiter leurs barques, vider à l'écope l'eau brunie entrée par les fissures. Tantôt ils iront à la pêche et on les verra passer près des navires dont ils envient à peine le sort. D'autres ne savent pas encore s'ils doivent sortir et interrogent les nuages ; ils viendront aussi... »

Derrière lui surgit Ermel, un gabier aux cheveux lissés, la barbe en pointe. Traînant sur les notes il chantonne un vieil air appris, aux paroles humbles et niaises.

Le maître-coq, Prangou, les bras nus, brillants et gras, les mèches de cheveux roux en désordre, apporte du son aux poules prisonnières dans une cage puante ; la grille refermée, il s'approche des camarades : « Qu'en dites-vous, seigneurs de la bâille et bâillants ? Cette heure n'est-elle pas propice pour jouer une courte partie ? »

Moonir murmure : « Toujours ils parlent de jouer. C'est exaspérant. Gagner ou perdre ; perdre ou gagner... Stupide ! Si chacun voulait... »

Mais Ermel semble protester : « J'ai navigué sur plus de dix bateaux ; partout on jouait. »

Prangou appuie : « Et ainsi, dans tous les pays de la terre ronde, des jeux qui se ressemblent comme se ressemblent lorsque les hommes ont faim, leurs appétits. »

Le quartier-maître, Gryphos, gros, la bouche mi-édentée, entr'ouverte au milieu des poils drus de la barbe, du coin où, assis sur un paquet de cordages, il astique les cuivres d'une boussole, répond, narquois : « Il le faut bien ! »

— Quelque chose de nébuleux comme toi-même,

Gryphos, incite donc à croire que toujours on jouera ? demande Moonir.

— Au contraire ! On n'astiquera pas toujours les boussoles avec une poudre couleur de cannelle, non plus. Ce qui ne m'empêche pas de le faire, moi. »

Jactancieux Prangou remarque à son tour : « Cela ou autre chose, qu'importe ? »

Ourtamas, le timonier, grand et maigre, regardant travailler avec des yeux aventureux qui louchent, prononce : « Tout, mes amis, importe, ou rien. »

Sans méchanceté, satisfait, le gabier risque : « Oisifs que vous êtes !

— Tais-toi, plaisantin, lui jette Prangou ; il n'y a que toi qui ne fais rien ici.

— Et Moonir donc, lui qui ne se donnerait même pas la peine de vous écouter. » Mais il s'interrompt lui-même, puis brusquement les appelle :

« Venez, vous allez voir. Des sampanes, des barques, une flotille de fête. Il y en a avec de petites voiles, tenues à la main, bombées comme le ventre des putaïs ; d'autres tendent au vent leurs planchettes alignées et à grands coups de pagaies, ou de rames fixées à une fourche de l'arrière, les

sampanes font la course, leurs paillottes recou-
vertes de nattes mystérieuses. » Le maître-coq,
accoudé aux bastingages, explique : « Ce sont les
femmes de Nelombo que le désir de se faire connaître à nous rend intrépides et matinales.

— Sans que personne t'en ait parlé, Prangou,
tu peux deviner cela ? insinue Moonir.

— Ce n'est pas la première fois que je viens
ici. »

Ourtamas ajoute : « Notre maître-coq est éton-
nant ; il a été partout et se rappelle quand même
certaines choses. »

Ermel fait des gestes avec son béret et hèle :
« Ohé, ohé ! » tandis que Moonir s'agrippe à une
cigale et se lève, irrité, d'un bond : « Depuis combien de temps, à leurs levers, les jours sont pareils !
Sur la hune comme sur le pont, à bord comme à
terre...

— Notre timonier, lui, s'en félicite, dit Prangou, et qui sait, cela doit être. Partout il en est
ainsi, partout pourtant, cela change. Bientôt, peut-
être quelque chose de nouveau viendra, mais pas
encore. Le vent pousse plus rapidement les nuages
que les vagues de la mer. »

Gryphos grogne dans sa barbe : « Nous avons

notre soûl du *Leakington*... l'occasion attendue
peut venir vite ; à nous de la guetter, à toi-même,
vigie, si tu veux comme nous la vie plus large, et
si tu oses les colères et leurs poursuites.

— Regardez donc, leur crie Ermel. — Ohé,
ohé ! — Vous ne voyez même pas ! Là, dans le
bateau en bas ! Il y a des femmes jeunes et
vieilles... Tenez, en voilà déjà d'autres. Dis, Prangou, comment devons-nous leur parler ?

— Le sais-je, moi ? Ne dis rien, cela vaut
mieux ; elles voudront t'emmener. »

Ils se penchèrent au-dessus de l'eau et aperçurent tout près du bord, assise à la proue d'une
barque à voile unique, Ridaya. Elle leur paraissait étrangement svelte sous l'écharpe qui enser-
rait son buste nu. Ses yeux froids brillaient en un
flambloiement secret sous le turban de ses cheveux
nattés, que retenait une bande d'étoffe rigide.

Sa voix modulante dardait : « Comme ils sont
beaux, ces matelots, et comme ils ont un air
d'avoir vu des cieux dissemblables, des constella-
tions que jamais sur Nelombo la nuit n'étend !
Venez, marins joyeux ! Ici aussi vous verrez des
choses rares... Dans des coffrets vieux de vingt-
cinq siècles, nous vous montrerons des dieux en

ivoire que nos aïeux y ont enfermés. Nous possédons dans nos demeures des fleurs diaphanes écloses dans la pierre, d'étincelantes étoiles qui se meuvent au fond d'un vase rempli d'eau, des animaux versicolores qui ne peuvent pas mourir. Venez, venez, vous verrez ma peau mate briller dans la pénombre comme un astre éteint qui reçoit la lumière de l'atmosphère. Venez avec votre gaieté : un à un je vous accueillerai mieux qu'une sœur pleine de tendresse. Mon corps est pour les âmes malades de langueur pareil au ginseng bienfaisant. Seule je sais ne pas lasser et ceux qui me quittent ne connaissent point l'amertume. Voyez mes bras éblouissants comme l'or ; ils savent enlacer. A quand, joyeux matelots, à quand matelots de silence et d'angoisses ? Je m'ennuie et veux cependant vous divertir, vous verser pour de longs jours une certaine joie qui est mon partage. »

Aucun d'eux n'osa répondre à la courtisane. Ourtamas s'adressa à ses camarades : « Devrais-je tenir ma langue et laisser un plus jeune parler ? Cette femme aux paroles harmonieuses, aux gestes de couleur légère et dansante comme les rais de lumière que décompose un prisme, cette femme possède l'attirance qui ravive la volonté des faibles et fait fléchir sous un fardeau sans contours les forts.

— Elle réveille, fit Gryphos pensif, tant de pensées anciennes, fuies avec les heures et faites pour nous revenir. »

Prangou se vantait : « Je l'avais prédit que des joies nouvelles viendraient. A Nelombo la vie est riche, de ressources alternantes.

— Tu as la démarche satisfaite de celui qui, en jouant, vient de gagner l'argent des niais. Prends garde ! Celle-ci, subjugante même à distance, peut être dangereuse.

— Elle attire et la cause en est obscure, allégua Moonir. » Mais déjà Ermel signala : « Voyez-vous l'autre, dans une sampane qui suit ?

— J'en vois une, continua Gryphos, qu'emporte le sillage. Depuis tantôt elle est là et je l'observe. Comme elle est pâle et comme ses yeux sont grands !

— Sans appuyer sur la rame elle se laisse aller au courant... sans rien dire elle regarde. Pourquoi vient-elle vers nous ? — Ohé !

— Voilà ! reprit le timonier, tu as appelé, elle vient. Et nous n'irons pas vers elle.

— Je voudrais connaître...

Un homme dans une barque vociféra : « Celle-là, c'est Ala-Ala, que craignent les matelots. »

Prangou qui se penchait annonça : « En voici une autre. On dirait que ce sont les mêmes dans tous les ports où les femmes accostent librement les navires. — Comment t'appelles-tu ? »

Une voix de femme glapissante répondit : « Tout le monde me connaît ; je suis Gleubba. »

Le quartier-maître et le timonier échangèrent leurs remarques :

— Son parler est rude et désagréable.

— Désagréable, oui, mais criard et non pas rude.

— En entendant cette voix je l'ai trouvée rude.

— Et aiguë.

— Dis rauque plutôt.

— Tout ensemble, Gryphos, cela se peut !

Le gabier les interrompit : « Tenez, d'autres font le tour de la coque. Des vieilles aux pieds solides font la manœuvre. » D'en bas une voix d'homme reprit : « A votre service, pour vous porter à terre, messieurs les matelots, quand il vous plaira. J'ai de la place pour tous. Rappelez-vous que je suis Doumer ; à votre service pour vous porter à terre, messieurs les matelots ! »

Mais Ermel constata : « Deux femmes sont

dans sa barque, et elles godillent d'un lourd aviron,
comme des esclaves.» Moonir insinua : « Sans doute
sa femme et sa fille.

— Toutes s'en vont maintenant, après s'être
montrées... pourquoi ? Cela me suprend. »

Le maître-coq n'eut pas de peine à répondre :
« Tant que le *Leakington* restera ici, il y aura des
hommes qui chercheront à se rendre à terre pour
les voir. Elles le savent bien, de même qu'elles
voient que nous ne pouvons pas tout de suite nous
glisser dans leurs paillottes.

— Puis, elles repasseront, avec insistance, fit
Moonir ; il en viendra d'autres encore... plus belles !
Il y a longtemps qu'on a nommé Nelombo baie de
l'Abondance ! N'est-ce pas, maître-coq, toi qui l'as
reconnu, les matelots du *Leakington* sont délicats,
gourmands et exigeants ?»

Par un ressaut il aborda un sujet préféré: « Nous
sommes les premiers marins des deux côtés de
l'Équateur. Ceux qui nous rencontrent, sans le
laisser paraître, le devinent, bien que nous montions
une vieille carcasse qui craque pendant la tempête
et se pourrit près des rivages tranquilles. Ils nous
admirent de risquer ce qu'aucun d'eux ne ferait, et
leurs mines renfrognées le revèlent.

— De temps en temps, atténua Gryphos, chacun accomplit ce qu'il peut. »

Moonir s'écria : « J'avais dit que d'autres viendraient encore; je l'avais dit. Cependant, voici une femme plus belle que je ne l'imaginais. Camarades ! Pointez vos regards ! Avez-vous jamais vu embarcation de formes plus prestigieuses que cette sampane ? Ne la croirait-on pas faite pour rester à flot tant que des eaux couvriront la terre, légère autant que solide, spacieuse et fine à souhait ? »

Le timonier voulut faire des réserves : « Par tous les dieux des mers tu parles exagérément. Comme si quelque chose était indestructible sous l'azur ! Pourquoi n'existerait-il pas quelque jour des navires plus stables ou plus rapides, de forme plus harmonieuse, des navires sans agrès, petits comme cette sampane, naviguant quand même loin des côtes. Moonir, tu peux le prévoir, comme tu peux prévoir aussi que des crabes goulûment dévoreront ta chair, ou que cette sampane vermoulue, la fourche ensablée, ne sera qu'un jouet pour les enfants de pêcheurs nouveaux.

— Elle avance avec lenteur... les rameurs en sont fatigués ou il leur manque un bout de voile, une livarde. »

Gryphos s'approcha : « A la voir d'ici cette embarcation est entraînée par un invisible courant... ceux qui la montent ne font aucun effort.

— Cependant c'est vers nous qu'ils se dirigent, sans dévier. »

Ermel les renseigna : « Vous ne voyez pas qu'une femme seule la manœuvre si doucement.

— Nous la voyons comme toi, assurément, plaisantin ; nos yeux ne sont pas obstrués par des escarbilles. »

Tous tendaient les regards vers la sampane approchante, tandis que Moonir, plus songeur, poursuivait :

« Comme ce vêtement ample et droit semble fait pour laisser deviner sous ses plis un corps aux cambrures de souplesse et d'opulence appariées... Comme elle paraît grande et jeune, invincible ! La mante de sa chevelure retombante ondule autour des épaules... et l'ardeur des yeux vient, solaire et voulue, se blottir contre nous-mêmes. »

De la sampane Segalomis leur parla : « Avez-vous vu mes camarades, marins qui montez un fragile navire ? La brise striant cette nappe irisée, glisse contre mon oreille et dit que vous avez

promis de les voir à terre. Allez! allez! Mais si l'un
de vous me cherche, qu'il cherche bien ! Ma sampane n'est pas introuvable. Je m'y repose quelquefois loin de ceux qui me cherchent ailleurs. Puis,
lorsque je veux m'étourdir ou me rafraîchir d'une
gaieté factice, on me trouve dans l'obscure taverne
où je dansais petite et où vont les matelots. »

Lentement la sampane s'éloigne, longeant le
bord du *Leakington*. Moonir, se séparant des
autres, suit les bastingages, les yeux fixés sur la
rameuse.

Lorsqu'il la voit prête au retour, il se penche,
murmurant tout bas comme si un miracle seul
devait emporter ses paroles : « Je te reverrai, je te
reverrai, et mes mains affaiblies reprendront force
en te touchant. »

Elle l'avait entendu : « Tes mains amies, fit-elle,
me toucheront de plus près que d'autres ne l'ont
jamais osé, sûres de la minute suivante. Tu sauras,
si tu veux, que mon corps est plus jeune et plus
avide que mon âme n'est défaillante devant l'abandon. Je suis libre comme les éléments auxquels tu
te confies, et choisis qui me plaît. Personne ne m'a
jamais commandée. Pour toi seul, Segalomis sera
tout accueillante et profonde... contre ta chair en

fièvre cherchée, ses entrailles enveloppantes et tièdes vibreront en une harmonie parfaite. »

Les prunelles rivées à la sampane disparaissant sous la guibre d'une goélette, Moonir entend le maître-coq appeler : « Allons, jouons ! Le soleil est levé et les femmes sont parties. »

Prangou, qui s'est laissé choir sur le matelas, croise les jambes et sort de sa poche un jeu aux cartes nombreuses.

Les uns après les autres d'une voix lasse acceptent : « Jouons ! — Qui coupe! As-tu battu ? — Voyons la vieille déveine. »

Un silence s'était établi quand Moonir vint se joindre à eux, disant presque fougueux : « Avez-vous songé au moment où nous irons à terre comme il est convenu? »

Le timonier objecta : « Aujourd'hui tout s'y oppose. Pas de permission un jour de mouillage. Même pour toi, homme de bonne vigilance! »

— Sur de vieux bateaux comme notre *Leaking-ton*, il y a une consigne sévère. Ici quelqu'un craint toujours que les matelots une fois en débandade ne reviennent plus ou reviennent rebutés. »

C'était Prangou qui parlait ainsi et Moonir prononça :

« Ceux qui craignent ce qui doit arriver sont prudents. C'est qu'au fond d'une âme pusillanime ils prévoient ce qu'ils voudraient empêcher. Mais nous savons aussi ce que nous faisons ; n'est-il pas vrai ?

— Je propose qu'ensemble nous allions à terre, demain, dit Ermel le gabier.

— J'en suis, annonça le quartier-maître.

— Il nous faut les voir de près, ces femelles !

— Et les comparer pour notre distraction.

— La première, je crois, nous a tous séduits.

— Chacune, à tout prendre, vaut par quelque qualité.

— La dernière, dans la sampane lente... »

Ermel s'arrêta. Deux hommes, grimpant à l'échelle, arrivèrent devant les joueurs. L'un vieux, barbu et sec, apportait sous le bras un grand panier dans lequel des savalles bleues et perfides, des trépangs, des orphies, flasques et maniables dans la mort voisinaient avec des balanes tulipes sur une couche d'algues roses et pourpres bonnes à manger ; l'autre, au nez pointu, petit, planté dans une figure bouffie, s'empressait d'étaler sur le pont des patates douces, des bananes, des noix de bancoulier, des mangoustes sphériques protégées par un amas de feuilles de corinde, fraîches.

Prangou dépréciait les marchandises offertes ; les autres dissimulaient de leur mieux toute velléité d'acquisition.

Ermel, enfin, voulut questionner et dit au marchand de poissons : « L'avis d'un homme simple est plus précieux que celui d'une femme richement vêtue. Toi qui parais sagace, tu dois être de bon conseil ! Apprends-nous où les matelots étrangers s'amusent à Nelombo. »

Le marchand Coithor regarda autour de lui, hésitant avant de répondre : « Je ne sais guère ces choses ; demandez-les à mon camarade Knippus. »

Celui-ci se montra de suite loquace : « Moi je dois savoir, je sais, eh, eh ! bien des choses qui ne se racontent pas. Honorables matelots qui désirez vous réjouir, chez Bachas il n'y a pas de gêne ; quoique le patron soit un homme hautain qui n'attire pas la clientèle. »

Coithor prit un air important pour déclarer de même : « Oh moi, je n'en dois pas parler, à cause de l'âge et de mes habitudes, mais à la taverne de Bachas il n'y a point d'ennui pour les jeunes marins et les vieux loups s'y plaisent.

— Bachas n'est pas comme nous autres marchands. Il n'aime personne et se croit, dit-on, désigné par les ancêtres et les dieux pour vendre ses boissons et ses plats cuits, se montrant tout de même poli avec les clients ; aussi les femmes les plus avenantes se coudoient-elles devant son comptoir ; quelques-unes se plaisent avec moi...

— Tu devrais te garder de colporter cela, toi qui as une femme ! Te vanter de plaire aux étourdies qui s'offrent à qui veut bien ! »

Ermel, intéressé, questionna encore : « Eh bien ! marchand de balanes aux yeux baissés. Montre-toi ! Vieux fringant ! Que dis-tu du patron de cette taverne ? Ton camarade nous a-t-il bien dépeint ce malvoulu ? Peut-être est-il de ceux qui cachent une pensée derrière l'autre !

— Bachas est mon ami, mais... dans la maison de l'esprit, l'amitié a sa chambre sur le côté et la vérité la sienne en face de l'entrée... Bachas est mon ami, mais à la vérité on le dit vindicatif et fier, et blâmable. Il profite d'une fille qui se laisse conseiller par lui et qu'il commande à des besognes viles comme si elle était l'esclave, la courtisane qui doit la moitié du salaire de son impudicité. Jamais Bachas n'a battu un rival ; or, les langues méchantes prétendent qu'il est lâche. Je ne sais pas, moi, je m'occupe peu des autres... je suis père

et je pense... si ma fille rencontrait sur le chemin
de sa jeunesse un homme à l'allure de mon ami le
cabaretier... mais Sorgoul tient de moi et ne voudra que des valeureux. »

Knippus, qui s'efforçait de sourire, l'interrompit
enfin :

« C'est toi qui mérites un blâme, répétant ce
que ces matelots ne te demandent guère.

— Ne me suis-je pas excusé? N'est-ce pas la vérité?
Tous ceux de Nelombo le prétendent. Et moi,
qu'on accuse de parler, n'ai-je pas vu des choses
plus que singulières... Tandis que toi, tu vas dans
la foule, pareil à un homme de culte, content de
lui et n'observant rien. »

Le gabier l'arrêta : « Assez, assez, vieux bavard,
qui ne veux rien dire! A la taverne de Bachas nous
irons. »

Les matelots remuent les petits tas de monnaies
vert-de-grisées qu'ils ont devant eux, en échangent
contre des fruits. Knippus remercie, fait des saluts
grotesques en partant. Coithor le suit, gromme-
lant, et Prangou voyant que le poissonnier est
mécontent s'esclaffe de rire.

Moonir fait quelques pas pour s'éloigner des
autres; dès qu'il se trouve dissimulé par le roufle

contre lequel s'étale la misaine noircie et trouée, il s'accote au plat-bord. Avec une rage assourdie il articule des mots qui lui pèsent et exhale son tumultueux tourment nouveau :

« Qu'importe à ces marchands ce qu'ils nous disent? Qui sait si rien de cela est vrai seulement! N'ont-ils pas le mensonge pour compagnon depuis qu'ils sont au monde, l'un pour en imposer par d'imbéciles vertus imaginaires, l'autre pour briller, grâce au sourire fastidieux, à un esprit inepte et vulgaire, tous deux semblables à des poissons volants qui amusent quand ils se maintiennent dans l'élément qui n'est par le leur.

» Je ne veux pas croire en leurs paroles... hélas! cela importe peu. Pourquoi ce cabaretier ne serait-il pas tyran, despote abject! Et pourquoi Segalomis... Cependant, une femme qui sait parler comme elle, douce, exacte, non hypocrite, ne ment pas sciemment. Elle est libre comme les éléments et méprise tout esclavage, me disait-elle, tantôt. Dois-je être leurré?

» Pour savoir être belle ainsi, que n'a-t-elle pas dû apprendre et partager au milieu de l'obscur délire qui est le vœu et le châtiment des créatures.

« Le lampas de son vêtement droit, qui cache

un corps précieux, n'a pas l'éclat de sa carnation tropicale.

» Combien de cyniques ce corps nu sous ta robe, Segalomis, a dû tenter, depuis le mystérieux instant où tu l'ouvris pour devenir une double énigme!

» Je sais qu'un cœur peut être plus dur que tes brodequins de jade, et, cependant, comme moi personne ne t'a regardée, toi que la vie a faite gracieuse, avec des dons ambigus.

» O magnanimité perverse dans son essence, ô double tentation, ô née de l'onde inconnue dans sa profondeur, déesse à deux faces que j'évoque en aimant de loin une courtisane de Nelombo.

» O souriante et fiévreuse dont l'âme parfois se penche vers ceux qui désespèrent, consolatrice des affligés!

» Chaste et ardente tu les entoures de bras robustes, les ranimant d'un regard de tendresse insondé; puis, enchanteresse au second visage fatal, nonchalante envers celui qu'un sang brûlant précipite à tes pieds, tu le laisses se ronger de gratitude funeste, s'abreuver de l'image trompeuse qui subsiste, se dévorer d'attente incertaine, tandis que, souriante ou fiévreuse, tu te détournes encore et qu'en arrière de toi la désolation rayonne.

» O astre de l'aurore et du crépuscule tour à tour, ô puissance et mirage sur ce monde épars! En ton nom les êtres et les choses s'attirent, changent et meurent, mais toi, impassible, tu sèmes par-dessus la force efficace une faiblesse qui veut succomber.

:» Segalomis, dont j'ai retenu le nom, si je pouvais je voudrais t'asservir. Je te retrouverai! Tu dois devenir la caressante aux gestes lents, aux fragrances confondues qui font frémir... et tu comprendras le trouble de l'attente longue. Tes joies seront celles que sur les mers soulevées imagine le marin, l'homme aux sommeils si courts qu'éveillé il rêve encore.

» Je te veux ardente et bonne, chassant la douleur importune à ceux qui naissent pour mourir, ayant achevé une tâche modeste... »

Ainsi songe-t-il jusqu'à ce que l'appel du timonier le surprenne : « Moonir, Moonir ! Viens près de nous ! Nous avons bien assez joué puisque j'ai perdu » ; il ajoute : « En vérité j'aimerais mettre pied à terre. Il y a longtemps que je m'ennuie. »

Ermel, tout de suite, l'approuve : « Moi, comme d'habitude, j'ai vite perdu. Nos besoins et nos désirs à tous s'accordent. »

Moonir confirme : « Eh ! Amis bien inspirés !
Demain donc, quelle que soit la consigne à bord,
bravons l'inféconde sévérité. Au cours de mois,
passés sans escales, n'a-t-on pas suffisamment exigé
de nous ! »

Le maître-coq, égayé, continue à son tour :
« Vive la liberté ! Descendons à terre ! Il me tarde
de voir une femme à portée de ma main, de trin-
quer avec des gobelets du pays, des gobelets à parois
minces de porcelaine. Ah ! Vous n'avez pas goûté
les boissons d'ici. Fermentées dans les cuves,
évaporées sur un feu sortant du sol, elles conservent
une invisible flamme, vivifiant les faibles, réjouis-
sant les malheureux. Mais les méchants en sont,
sans le savoir, empoisonnés. Une vieille légende
d'ici l'affirme.

— Nous visiterons le cabaret où nichent les
courtisanes, fit alors Moonir ; nous retrouverons
ces chercheuses d'étrangers. Je veux m'enivrer
pour cette fois jusqu'à la colère.

— Toi-même, Ourtamas, tu briseras les bornes
de ce village ! dit Prangou.

— Si le cabaretier ose se montrer vil ou jaloux,
nous châtierons sa suffisance.

— Une bataille distrait ; il y a longtemps que les

gars du *Leakington* n'ont fait parler de leurs poings·

— On secouera ce Bachas altier. »

Ermel et Prangou furent appuyés par Ourtumas.

« Il est bon, je présume, dit celui-ci, d'apprendre à certains arrogants qu'une possession ne leur confère aucun droit sublime.

— Son affaire est nette.

— S'il le mérite.

— Ne soyons pas mal avisés. Notre séjour ici peut acquérir une importance pour l'avenir, l'avenir qui s'offre, féminin et vierge, voilant de présages les inquiets présents. A nous de songer aux moyens !

— Réfléchissons, camarades, à ce qui doit se faire. Si nous descendons à terre en valdrague et que nous y fassions ce qui nous plaît, si nous y demeurons et qu'on s'aperçoive de notre absence, les maîtres, au retour, choisiront pour distraction de nous punir.

— Menacés par les fers de cale nous ferions mieux en désertant.

— Il faudra affronter les vents du large, faire choix d'une embarcation qui puisse résister, car à Nelombo nous serions traqués.

— J'y ai pensé, sans le dire ; emparons-nous de cette sampane que seule une femme montait ! Un clamp solide, une voile de fortune, des bras parés pour une tâche ardue, et nous pourrons mettre le cap... sur l'horizon ! »

Moonir, à part lui, songe encore : « Partir... partir libres, et voir là où la vie convoque. Être sauvés d'esclavage, fuir sur la sampane qu'envoyait vers nous l'Aurore de ce jour. J'en suis ! De cette main qui ne fut jamais meurtrière, je tuerais le tavernier brutal, pourvu que Segalomis suive notre chemin. »

Les autres continuent :

« A moins qu'une embarcation plus neuve, éprouvée, ou plus grande...

— Parmi toutes ces vieilles barcasses aperçues, celle-là seule vaut, je crois, que l'on hasarde son avenir. Elle ne semble guère faite pour couler bas, même si des vents violents nous harcelaient.

— D'ici alors, hissant une voile modeste nous irions vers les jours depuis longtemps entrevus?

— Et si nous ne les atteignons pas ! »

Ourtamas baisse la voix pour répondre : « Des craintes semblables doivent demeurer secrètes. »

Moonir, transporté, s'exclame : « Et vogue la

8

galère, amis ! vers de gais rivages ! Je suis des vôtres, moi ! Préparons-nous pour demain ! Soyons heureux, car la chance va luire. Les hommes du *Leakington* sont d'accord ; ils sauront conduire une sampane docile, où seule la raison commande, où l'entente voulue des bras règle la manœuvre, où les menaces des maîtres faux seront oubliées tout comme leurs mots antiques. »

Il jette un regard clair vers Nelombo scintillant de rayons flaves, plus chauds, et murmure : « Si je puis emmener Segalomis, la sampane de l'aurore deviendra la sampane des jours heureux. »

Le timonier cependant recommande : « Soyons prudents, et que nos projets, incertains encore, ne soient point dévoilés ! »

—o✠o—

II

« Si tu en es soucieuse, ma fleur de tsjampac parfumée, si tu attends aussi les matelots, j'ai peur qu'il n'en vienne aucun ! »

C'était Maradoura, à la chevelure grise et sale, au corps maigre, aux membres décharnés, qui provoquait Ala-Ala. Celle-ci paraissait guetter les gens du port, surveiller du regard les hommes qui passaient devant l'entrée du cabaret. Elle répondit : « Détrompe-toi ! Telle superstition naïve ne sied guère aux vieilles qui ont avant nous connu des hommes venant de pays très lointains. Tu me connais également, ayant vu que je suis à toi pareille, pareille à ce que tu fus dans ton âge de force et d'amour ! Je suis à tous, un jour ou l'autre ; viennent-ils à moi sans que par une attitude lascive je les attire, ne viennent-ils pas, l'un suivant l'autre, las, sans ardeur, mais conquis ! »

Gleubba, lourde et laide, relevant sa tête vaniteuse, s'étonna :

— Quelle témérité de parler ainsi ! Toi, on ne te regarde même pas et tu en conçois de la fierté. Est-ce que jamais je me vante sans cause, mes amies? Ai-je besoin de personne, moi que chacun ici honore, moi qui possède des adorateurs dans les ruelles les plus obscures, et... »

Elle fut interrompue par un homme aux yeux rougis, à la tête tremblante comme chez les ivrognes; il restait accroupi sur le sol sous la fenêtre éclairant le comptoir, le dos appuyé contre un panier où gisaient pêle-mêle des reliefs, des fanes, des épluchures, des arêtes de poisson, des vertèbres de caïman. Son humilité apparente se mue en arrogance dès qu'il élève la voix pour murmurer: « Chercheuses d'inconnu ! N'imitez pas les pérégrins qui arrivent avec ces vieux navires et ne sont point comme ceux qui doivent vous plaire. Ils ne s'attachent à rien et tout, après peu de temps, leur paraît fade comme à nous les aliments sans épices. Loin du foyer qu'ils abandonnent, incapables d'aimer, ils se laissent séduire par les eaux mouvantes et vont de rivage en rivage sans même distinguer que chez les uns la croûte du pain est dure et chez les autres semblable à une peau de fruit, molle et dorée. »

Entre le comptoir chargé de vases, de bouteilles, de plats, et la table longue devant la banquette du mur opposé, Bachas allait et venait, rejetant en arrière la tête d'un air majestueux. Ses cheveux enroulés en natte étaient fixés à la nuque. La barbe noire, épaisse et courte encadrait des lèvres charnues, d'un rouge foncé, tranchant violemment sur son teint olivâtre et hâlé. N'était son allure compassée et raide on croirait voir un brigand des montagnes, élevé par des moines mi-sauvages, farouches. Ses mains énormes, monstrueuses, déplaisaient ainsi que ses yeux, trop petits, à cheval sur un nez aquilin et mince sous un front bombé.

Maussade, le tavernier, approuva Gardehaus : « Les matelots sont pareils aux orphelins, aux enfants imprévoyants. Ils laissent en partant du port ce qu'ils ont amassé en péril et maudissant les journées dures. » Attablés sous la fenêtre à gauche de l'entrée, Coithor et Knippus causaient avec Doumer, droit comme une tige de bambou desséchée, le nez pointu, les gestes sobres, réservés à la manière des orgueilleux conscients. Le marchand de poissons voulut affirmer une pensée différente, et dit à Bachas : « Insouciants et prenant leurs joies chacune à son moment, telle qu'elle se présente, ces

8.

jeunes hommes ne maudissent pas. Pareillement à
nous ils accomplissent leur travail quotidien et ne
haïssent pas plus la ville étrangère que le navire
entretenu et conduit par eux jusqu'au jour où il
sombre et qué leurs corps servent de nourriture aux
poissons. »

Personne ne faisait attention à ces paroles.
Knippus souriait à Gleubba. Tout au fond de la
longue salle, étroite comme un boyau, basse sous
le plafond peint de couleurs autrefois éclatantes,
trois vieilles bavardaient sans bruit, rencognées près
d'une courtine de toile à grosses rayures, qui dissimulait l'entrée d'une petite pièce d'habitation
obscure : Maradoura, hargneuse, Kiparra, mauvaise et Zebouka, femme de Doumer, à la bouche
pincée. Sa fille Sorgoul baissait les yeux ou se
tournait, nonchalante, vers Ala–Ala, immobile, les
bras pendants.

Gleubba masquait aux yeux des hommes Ridaya,
assise dans l'angle retiré, d'où elle laissait errer son
regard au delà de la porte ouverte, par delà la
marche en briques rouges donnant sur le quai, la
grosse lanterne de papier balançant l'inscription
banale : *Félicité*, entre les deux fenêtres carrées, à
peine plus grandes que des hublots, garnies de

rideaux roses. Au-dessus de sa tête, sur une planchette appendue au mur, une multitude de bâton-
nets parfumés à demi charbonnés, se dressaient entre
des plantes vertes très vieilles, aux branchages
noueux faisant face au cadre accroché dans l'angle
opposé. Un faisceau de lumière, de biais, éclairait
la peinture minutieuse, décolorée par le temps,
représentant des frégates, les sabords relevés, à
l'ancre près d'un rivage. Une chaîne de volcans
recouverts de calottes de neige, aigrettées de feu,
barrait de part en part la toile.

Depuis longtemps, Ridaya n'avait pas parlé
lorsque le tavernier s'écria soudain : « Qu'y a-
t-il? Une impatience mauvaise semble commander
ici... Soyez joyeux, buvez, mangez ! Ce n'est pas
cher au cabaret de Bachas et l'on y est mieux que
partout ailleurs, n'est-ce pas ? »

Alors elle répondit, agacée : « Où sont donc
les pétales de Camellia dans la boisson, patron
avare ? Et pourquoi n'a-t-elle pas de force ?

— J'en aurais mis davantage, si tu m'en avais
averti.

— Les femmes mènent à la ruine par une voie ou
l'autre, murmura Gardehaus ; reste tranquille et
ne fais pas de frais pour elles !

— Voit-on ce bonhomme en guenille, fit Ridaya, donnant pour rien du venin et des conseils. Tu possèdes donc, toi, quelque chose en plus de ton désir ! Vilain qui ne boit que pour se gonfler.

— Je ne suis pas ce que tu prétends, fille de joie !

— Fou, aveugle, impuissant ! Pauvre ! Eh ! » Puis changeante elle reprit : « Soyez tous joyeux puisque les jours sont pour chacun ce qu'il en veut faire. Buvons, comme nous conseille Bachas !

— Tu dis juste, s'écrièrent les hommes et Bachas commença :

— J'offrirai, à tous, demain...

— Offre tout de suite, recommanda la courtisane ; demain, qui sait, personne n'en voudra. »

Gardehaus prit une voix douce : « Elle n'a pas tort, cette femme qui répand l'odeur d'une poignée de fleur de jasmin, comme si elle s'apprêtait à aimer pour longtemps.

— Une fille de joie s'apprêtant à être aimée... j'accepte ce sort. Buvez, vous autres, qui n'avez rien à dire ! »

Le tavernier reprit : « Ridaya me l'a fait promettre. Je vous invite donc tous.

— Tu n'y perds rien, homme circonspect !

— Tu n'as pas de chagrin, oiseau qui veut plaire, ramagé... »

Gardehaus ne put trouver ce qu'il voulait dire. Doumer l'admonesta : « N'écoute pas les femmes, Gardehaus, tu es trop honnête pour n'être pas leur dupe ! »

Ridaya qui n'avait pas cessé de regarder vers le port sourit : « Tenez ! les voici, les matelots du *Leakington*, qui ont quitté leur bord dans une doris. Je les vois ; ils vont accoster. »

Doumer se leva : « Pour ce jour, merci, Bachas ! A la prochaine ! » Puis il grommela : « Viens, Sorgoul, viens Zebouka ! Notre affaire n'est pas ici, mais au dehors. A cause de vous j'ai manqué mon travail.

— C'est juste, cria fielleusement Gardehaus ; que les femmes aillent au diable avec lequel elles sont bien ! Allez, allez-vous-en. Délaissez la place. »

Bachas fit quelques pas vers le fond de la salle et sans recevoir de réponse appela : « Segalomis ! » Il ajouta parlant aux autres :

— « Elle n'est pas ici. Faites comme elle. Allez aux alentours. Guettez au passage les marins, mais gardez-vous de les conduire ailleurs ! »

Doumer entraîna Sorgoul. Gleubba et Ala–Ala sortirent lentement suivies des hommes. Ridaya déclara aux vieilles : « Moi je reste. Demeurez près de ma place, vous autres ! Je veux les entendre. Ne disait-on pas tantôt que je m'apprêtais à être aimée !

— Sorgoul est partie avec son père. Je devrais faire comme elle. Sans se plaindre, faire ce que les autres veulent !

— Il faut se contenter ainsi, répliqua Maradoura, la raison est dans ta vieille âme raccornie, Zebouka, mais je ne veux pas y songer. Jadis, des étrangers m'ont fait croire que de ne pas se contenter donne une joie meilleure.

— Ou une fureur cuisante, dit pour elle-même Kiparra. »

Mais les matelots du *Leakington* envahissent le cabaret. Ils s'installent au bout de la table, près de la fenêtre, et sortent de leurs vareuses des jeux de cartes, des poignées de monnaie, ronde, ovale, carrée, des sapèques, des roupies, des dollars, des blocs d'argent diversement estampés.

Silencieux et raide, Bachas leur apporte des gobelets, des flacons d'eau-de-vie de sorgho, des alcarazas remplis d'eau douce dans laquelle trempent des tiges de menthe et des branches de lentisque coupées à l'aube.

Les matelots boivent et jouent en dévisageant tantôt le cabaretier, tantôt les vieilles qui les empêchent de voir Ridaya, toujours adossée dans l'angle tout au fond. La courtisane songe et, par intervalles, ses pensées prennent la forme d'un air qu'elle fredonnerait très bas :

« De l'autre côté du fleuve onduleux, plus haut que les bancs aux pailloles menues, les tigres des monts rugissent, les paons s'enfuient sous les bocages de roses et les femmes, sorties de leurs demeures tièdes, prennent peur et crient, croyant partout voir des brigands barbus. Personne n'a tort, aucune ne s'est trompée, car de cruels maléfices dominent sur la terre des hommes. Cependant, moi, je ris, les tigres ne m'ont jamais effrayée, et le désir de dompter dévore mon cœur. Tout et tous semblent faits pour me plaire, les aventures périlleuses, les gloires passagères et... les matelots partant demain... j'aimerais pouvoir penser maintenant qu'ils me pleurent! J'oublie les instants qui ne sont plus, mais on ne peut m'en vouloir, puisque je ne suis pas méchante. A chacun, si je pouvais, je le dirais tendrement.

» Ceux qui ont vu dans la cabine qu'éclaire une lumière tombant d'en haut, mon corps élastique s'ouvrant comme les fleurs des sables pour refermer leurs hyalins pétales après l'heure inaperçue, ceux-là gardent auprès d'eux mon souvenir et espèrent, par leur fortune, me retrouver pareille. Il en est..., je ne l'ignore pas, ô dieux de l'inclémente mer ! qui se lassent, même de mon souvenir.

» Mais qui ne connaît pas un sort semblable ? Segalomis s'est vue parfois honnie..., d'autres chassées, le jour venu, retournent, seules avec leur âme, pour être courtisées par nos bateliers et nos marchands séniles. Ah ! comme je voudrais ma vie m'appartenant, multiforme, illimitée, obéissant à une fantaisie flexueuse qui dominerait, tel le sceptre de rotang tout ce qui poussé vers la mort se meut et s'agite ! »

Les matelots jouaient fébrilement, sans gaieté, et leurs exclamations, d'abord timides, emplissaient bientôt la salle. « Débanqué, maître-coq ! — J'ai encore perdu. — Il n'y a pas de mal ! A toi de payer les boissons ! — Quand inventera-t-on un jeu qui fasse gagner tout le monde ? — Cessons ! — Eh, camarades, encore une tournée ; ensuite nous chercherons celles qui nous appelaient. »

Ils recommencèrent à battre les cartes. Ermel, déjà grisé, s'écria : « Je rage, mes amis, je rage, quand je pense aux marins, ivres ou fous, qui se contentent de baveux baisers, de monstres comme ces vieilles, là-bas. » Il cracha un juron et ajouta : « Je sens l'envie de vomir qui me tourmentait jadis dans le golfe où je barrais la bisquine de mon père. »

Maradoura protesta : « Quand les dents tombent l'ouïe a un regain. Piteux étrangers ! Injuriez-nous. Vous ne savez pas ce que vous dites. Vos mères ne sont-elles pas pareilles aux autres femmes qui donnent l'existence au prix de la douleur ?

— Trompeuse sans âge ! Pour toi l'existence a donc du prix !

— Fanfarons sans pitié, reprit Zebouka. Continuez à vous gausser de nos misérables restes. Par une grâce, nous savons ne pas nous plaindre quand les nouveaux venus imitent les enfants de Nelombo. »

Kiparra ajouta : « Jugez-nous méprisables sur la vue de nos misères, sans nous connaître davantage ! La vie vous enseignera comment il sied de respecter les vieillards, vous qui venez d'un pays d'ignorants.

— Paix, paix. Laissez-nous ! Personne ne vous cherchera querelle. Ermel ! C'est vain de tourmenter ces malheureuses rejetées hors de la vie par la vie elle-même. Elles sont semblables aux plus jeunes en vertueuses pensées, à celles qui se flattent d'être prises de force par un bandit et regardent avec dédain une tendresse de l'âme ! »

Le gabier ne répondit rien à ces paroles de Gryphos. Les trois vieilles cependant s'étaient levées. Se dirigeant vers la porte elles passaient devant les matelots. Maradoura clignant des yeux comme une aveugle en colère, Kiparra, dont les cheveux crasseux s'étaient défaits, leur tournant un dos arrondi comme une bosse, Zebouka traînant une jambe malade et s'appuyant sur un bâton à la crosse noircie de bourbe.

Au moment où elles dépassèrent le seuil, les matelots aperçurent enfin Ridaya, debout, prête à partir. Ermel, stupéfait, fit un geste pour la retenir : « Voici l'une d'elles. »

— Pourquoi cachée ? murmurèrent-ils.

— Comme tu es belle ! Quel est ton nom ? Reste !

— Petit matelot, riposta-t-elle, sache que je n'aime pas les yeux qui dévorent, avides, sans penser, les yeux qui ne reconnaissent pas ce qu'ils ont vu la veille. »

Elle cingla le groupe attablé d'un coup d'œil vif comme la langue d'un serpent, les jaugeant un à un visiblement : puis elle sortit derrière les trois vieilles.

Le gabier alors voulut questionner Bachas : « Dis où se tiennent les jeunes, à peau fraîche, venues hier... ». Mais Moonir lui coupa la parole : « Connais-tu, tavernier, une reine des flots qu'à Nelombo on nomme Ségalomis, je crois ?

— Peut-être.

— Réponse singulière ! On m'avait dit qu'elle venait ici.

— Pourquoi me le demandes-tu, à moi ?

— Je ne crains pas de le dire. Mon dessein est de la voir, de l'emmener, que tu sois, ou non, son protecteur.

— Ce pays t'est familier, ainsi ? Tu y as fait escale ?

— Non pas ! Mais celle dont je parle est venue vers nous. A peine eûmes-nous mouillé qu'elle fit le tour du *Leakington*, guidant, seule, une sampane plaisante à l'œil comme un navire sans défaut et vraiment éprouvé. De beauté sans égale elle était belle.

— L'embarcation est bonne... tu parais ignorer qu'elle est à moi. »

Distrait, Moonir prononça : « Une chose peut donc appartenir à qui ne sait pas s'en servir ?

— Elle m'appartient ; chacun ici le sait et m'en fait compliment. Lorsque je tiens l'aviron, la sampane que tu as vue marche bien, très docilement, glissant sur la vague comme je l'entends.

— Qui sait, tavernier ? Un jour sans doute ta sampane ira au delà de l'horizon de cette baie qui, à tes yeux, a des limites. Elle pourra traverser des mers... si cela arrive j'espère pour toi que tu en seras fier encore. »

Le timonier essayait en vain de faire taire son camarade tandis que Bachas irrité répliqua : « Que veux-tu dire ? Je mènerai ma sampane partout où je voudrai ; cela, certes, ne regarde que moi.

—Tu dis vrai, c'est l'affaire de celui qui fait la manœuvre. J'ai voulu dire que tu ne tiendras pas toujours cet aviron.

— Que veux-tu de moi ? venant par énigmes menacer ; me parlant tantôt d'une sampane qui m'appartient, tantôt d'une femme...

—Laquelle également est à toi. N'est-ce pas ce que tu penses, cabaretier ? Eh bien ! sois-en assuré ! Un jour elle t'abandonnera aussi, te trahissant avec joie puisque tu désires la dominer. Je l'ai vue, je te

vois à présent, distinctement et seul à seul. Qu'y
a-t-il de commun entre des êtres comme vous
deux ?

— Tu me nargues ! De mes poings solides je
devrais te chasser, ainsi que le fait dans son clos un
propriétaire du voleur de ses fruits. Seulement
voici ! Je suis magnanime et on le sait. Tais-toi
donc et continue d'attendre Segalomis sous mon
toit !

— Parce que tu sais qu'elle ne viendra pas, fit Moonir. » Mais Gleubba montra dans l'ouverture de la
porte sa tête rieuse faite pour plaire aux hommes
égayés par la boisson et il profita de l'inattention
pour s'approcher du fond de la salle. L'air agita la
courtine et une silhouette de femme élancée, serrée dans un vêtement de lampas bleu apparut
durant une seconde. Sans être remarqué, Moonir
reprit alors sa place à la table.

« Les voilà, les gais matelots, les voilà, plaisantait
Gleubba. Dites ! Pourquoi avez-vous fait fuir
Ridaya au lieu de la retenir, gars méchants ? Désormais, tant que vous y serez, personne n'osera venir
ici. Il vous faudra nous retrouver. » Faisant un petit
signe à Ermel, elle ajouta : « Tu boiras à ma santé,
toi que je reconnais ! »

Étonné de nouveau, le gabier vociféra : « Cela n'est pas possible.

— Ne crois pas ce qu'elle dit, lui conseilla gravement Prangou. C'est pour te séduire seulement, et elle n'en pense rien. »

Déjà Gleubba, faisant une moue, se retira : « Méchants matelots, méchants, méchants. »

Ermel, énervé, gesticulait : « Puisqu'elles ne veulent pas revenir, dit-il, allons de suite ailleurs afin de les retrouver. »

— Ce cabaret est ennuyeux comme un navire désarmé.

— Près des sampanes du port », avança Gryphos et Prangou, affirmatif, acheva : « Ne craignez rien, elles y attendent, certaines que nous les chercherons. »

— Sinon, insinua le quartier-maître, il se peut que nos volontés soient absorbées autrement, au point que nous les oubliions.

— Venez tous, cria Ermel ; quelque chose fourmille dans mon cerveau et l'inquiétude s'en empare. Mon âme veut s'affranchir de cette maison.

— Allons, fit Ourtamas, partons. Ridaya vaut qu'on la recherche. Aussi, malgré sa franche allure, elle nous fuira peut-être.

Prangou et Gryphos vident leurs gobelets avec
précipitation. Déjà Ermel s'est éloigné quand Moonir, les yeux dirigés vers la courtine du fond,
s'adresse à Ourtamas, très bas afin que le tavernier
n'entende pas ses paroles: « Je reste encore ici...
pas bien longtemps. Laissez-moi seul et... à tantôt ! Celle que je veux voir viendra.

— Qu'en sais-tu ?

— Mon âme m'avertit, parlant en moi d'une
voix obscure, et je l'ai vue.

— Et nos projets ?

— Ne vous occupez pas de moi. Mes projets
vivent au fond de moi-même, couverts par une nappe
d'eau agitée. Mais je vous rejoindrai peut-être sans
tarder.

Ses camarades essayent en vain de l'entraîner,
l'un après l'autre. Lorsqu'ils l'ont tous quitté, Moonir demeure longtemps silencieux et sombre. De
temps à autre, il envoie vers le fond du cabaret
un regard furtif. Pendant que Bachas range sur une
planchette fixée au mur des vases et des gobelets
suivant leur hauteur inégale il ouvre un couteau
Bowie, l'examine à la dérobée et le dissimule dans
sa vareuse. Il semble hésiter; enfin il se lève et va
près du comptoir: « Dis, tavernier, dis-moi,

s'écrie-t-il, si Segalomis est cachée derrière cette courtine. Sois véridique et prudent, car je vais maintenant l'appeler et voir par moi-même. »

Souriant Bachas se planta devant lui, les mains tendues, disant : « Je suis ici le maître dans ma maison, et tu n'as rien à voir par toi-même. » Le marin voulut s'élancer mais l'autre le repoussa, avec tant de force qu'il se heurta contre Ridaya qui entrait.

Les deux hommes allaient en venir aux mains quand, attirée par le tumulte, une femme écarta la courtine. Moonir, cloué sur place de surprise, ne prononça pas un mot. Ridaya seule parla et les plis de ses lèvres, le plissement de ses paupières étaient doux et graves, quoique au fond du regard calme dormît un imperceptible dépit : « Bachas, laisse donc cet étranger tranquille ! Assieds-toi, matelot, et reprends près de moi tes sens ! »

Puis, dès qu'ils furent placés : « Je devine ton trouble et sa cause. Tu as cru voir Segalomis arriver vers toi... Cette femme dont les traits ressemblent aux siens, qui porte des vêtements que l'on reconnaît, n'est qu'une servante, une fille qui contente les malotrus du port qui dans leur sauvage désir croient posséder la maîtresse libre et fière. »

Égayé par sa colère et son erreur, Moonir ne
répondit d'abord rien. Il épiait Bachas, narquois,
affairé près du comptoir. Mais, peu à peu, sa pensée
s'éclaircit et alors il s'expliqua à lui-même et à sa
confidente : « Comme cet homme paraît sûr de
lui ! Tant qu'il demeure ici le maître, rien ne doit
réussir. Dès hier l'envie de le tuer m'est venue...
et j'en comprends mal la cause ! Quel est au fond
de moi ce désir de frapper qui me ronge sans qu'une
vengeance commande mon acte ? sinon le pressentiment du nécessaire ! Tant d'autres fois ma volonté
sut dominer les colères mieux réfléchies. Je m'en
souviens... Une voisine de mon enfance, douce
comme le miel et franche dans son amitié première...
Elle m'entraîna, moi timide, elle, soudain, plus
savante, dans le bois des aulnes assombri où nous
cherchâmes frissonnants le suave et inconnu baiser. Deux brèves journées écoulées en tendres
songes, à l'heure du même crépuscule elle se
détourna, disant : « Je ne puis avoir pour toi
qu'une amitié précieuse, sache t'en contenter. »

« Plus tard... devenu moi-même... j'eus un
maître pourtant, un maître vénérable et voûté de
vieillesse tranquille ; effrontément il méprisait tout
ce que je croyais déjà juste, adroit ou bon. Tour-

9.

nant mes tentatives en ridicule il vantait vilement et sans cesse son propre savoir. Je n'eus garde de lui faire du mal.

« Et les patrons ensuite, ô dieux des abîmes mauvais ! criant sous la tempête : « hardi, petit ! sache « au moins faire bon marché de ta vie » et retenant au jour de paie une partie du salaire, tout prêts à dire que cela aussi était pour mon bien et juste ! je ne les ai pas su maudire. Mon bras n'en a jamais précipité par derrière un seul dans les flots voraces.

« Et voici cet homme que rien ne me force à connaître et qui ne me veut rien ! Est-ce pour un rêve falot et incertain que je rôde auprès de sa vie et songe à lui ravir rudement la vue des lumières du ciel... ou est-ce parce que son âme indifférente et vile rampe sur le chemin que je choisis? »

Moonir versa du vin dans le creux de sa main, s'en frotta les lèvres et les paupières, but une gorgée et lança avec force le contenu du gobelet sur la terre battue du sol. Puis disant « peut-être le sort va régner désormais ici », il voulut se lever. Mais Doumer et Gleubba arrivèrent de dehors et, derrière eux, Gardehaus titubant pénétra dans la salle.

Gleubba sans regarder autour d'elle parlait

comme si elle s'adressait à une multitude assemblée : « Je vous annonce une grande nouvelle. Précipitamment l'étranger m'a quitté comme il m'avait suivie. Dès que je fus seule je rencontrai celui qui devait être mon nouvel amant. »

Ayant passé ses doigts écartés dans la barbe drue de Doumer elle ajouta cajoleuse : « Voici celui auquel je sais plaire ! Il marchait paresseusement entre sa femme et sa fille. Les rencontrant à quelques pas d'ici, je le regardai si étroitement qu'il abandonna les siens pour venir avec moi. N'est-ce pas, petit Kidang ? Quant à l'étranger il est loin. Si j'ai bien deviné, ses camarades préparaient quelque mauvais coup et il avait hâte de les rejoindre. »

Doumer, Bachas et Gardehaus commencèrent tous à parler ensemble et leurs voix emmêlées formaient un bruit inintelligible.

Bachas, quand un instant les autres se turent, s'écria : « Ce sont des matelots stupides qui vont faire du vacarme et briser tous les objets utiles trouvés sur leur chemin. »

Gleubba minaudante entoura Doumer de ses bras : « Beau maître de mes désirs, fit-elle, il y a longtemps que tu songeais à me posséder ! »

Gardehaus criait à tue-tête : « A boire, vieux camarade, par la mort et la pourriture de tous les poissons, à boire ! ma gorge se dessèche abominablement. »

Doumer avec dignité lui dit : « Que ne fais-tu comme nous autres ? Courtiser une femme et lui plaire ! Lorsque personne ne songe à vous en faire reproche il n'y a point de mal. Assagie, ta noblesse en séduirait plus d'une, j'en suis convaincu. »

Gardehaus s'affaissa sur le sol balbutiant : « Qu'en ferais-je ? La battre un peu chez moi... et la vanter aux autres ! »

Bachas qui regardait au dehors, hautain, le dos tourné, tendit subitement son poing vers le port, clamant : « Injure et malédiction de toutes parts s'abattent sur moi !

» Ah ! Une fureur trop forte pour éclater me fait frémir jusque dans mes entrailles tranquilles. Doumer ! Gardehaus ! Mes amis fidèles, Nelombitains si braves ! Regardez sur les eaux ! Ne me faut-il pas de mes yeux voir mon bien ravi, celle que j'ai élevée pour moi, par plaisir me trahir. »

Moonir d'un bond s'était précipité vers la porte. Le couteau ouvert glissé de sa manche était tombé la pointe en bas sur le brodequin de Ridaya... Une goutelette de sang avait perlé ; la vigie du *Leaking-ton* ne s'en aperçut même pas.

— Segalomis, cria-t-il, aveugle à toutes choses et fort, Segalomis ! Debout dans la sampane elle semble saluer Nelombo d'un adieu certain. Personne ne la remarque. Mais que veut dire ceci ? Je distingue Gryphos dressant une livarde et Ourta-mas accroupi tenant l'aviron comme un gouvernail.

— Pourraient-ils s'éloigner avec ce vent ? »

Bachas saisit le collet du matelot : « Étranger infâme ! Tu as su... c'est toi qui a tramé... contre moi spoliation et destruction, rapine, misère et mort. A moins que tu ne sois sorcier...

— Sorcier, reprit Gardehaus, assassin, traître, étranger vivant sous des cieux brumeux, des cieux qui ne protègent rien. Maudit d'ailleurs... »

Doumer honteux de se taire ajouta : « Que tu sois puni, sans-foyer, sans-bien, et sans-principes ! »

Mais ces paroles, murmurées, ne firent aucun effet. A leur tour elles couvrirent cependant la voix de Ridaya. La courtisane demeurait assise sur le banc et elle se parlait très doucement à elle-même : « Mon sang, mon essence secrète, presque ma vie invisible, l'arme inconsciente guidée par le destin l'a répandu sous les yeux de cet homme qui a du cœur. Debout lui-même pour frapper et percer, la poitrine gonflée de l'élan, il m'est apparu sur ce seuil, beau et fier comme le poignard utile, aux yeux de précieux saphirs incrustés sur le manche. Et je lui ai plu, car auprès de moi il pensait à celle qu'il aime.

» Ah ! les êtres humains ne sont pas faits pour vivre, mais pour jouer avec eux-mêmes comme les petits des chats... »

Moonir n'écoutant rien, secoua les mains agrippées à son vêtement, écarta avec violence les deux hommes qui lui barraient la route et s'élança au dehors en s'écriant : « Voici le mur dressé soudain devant moi et je ne puis être comme celui qui s'arrête, hésite et finit par rebrousser chemin, car je connais la chanson des sages anciens. Si vous ne mettez pas votre vie comme enjeu, jamais la vie ne sera votre gain. »

Comme il disparaissait, tous, sans le poursuivre, sortirent sur la voie devant le port.

Déjà de gauche et de droite, des hommes et des femmes étaient accourus autour du cabaret de Bachas et en un clin d'œil ils formaient un rassem-

blement. Les uns jetaient des cris, les autres
épiaient curieusement la mer qui commençait à
s'argenter d'un pioclis phosphorescent. Au bout
d'un instant, on vit la tête de Moonir émergeant de
l'eau. A grandes brassées il s'avançait vers le goulet
sans qu'aucune embarcation ne cherchât à le
rejoindre. Maradoura, Zébouka et Kiparra, séparées de la foule, ramassaient quelques pierres,
quelques fragments de bois vermoulu, tachés de
goudron durci et les lançaient malhabiles et faibles
dans sa direction, sans l'atteindre.

Ala-Ala se vantait à ses voisines : « J'étais près
de la porte... il se précipita avec tant de véhémence
que je faillis être renversée. Pourtant je me ressai-
sis et crus pouvoir l'arrêter... »

Riant d'un rire hébété Gardehaus dit à Knippus :

« Qui sait ? Ce gaillard mauvais est capable,
après tout, de s'en tirer sauf. »

Le cabaretier grinçait des dents : « Mort et nonuple
enfer ! Il nage, semblant assez valide pour continuer jusqu'à ce que par une circonstance trop
favorable quelque navire dédestable le recueille. »

Gardehaus affirma : « Voici que la brise s'élève...
une vague du large sera sa perte », et Knippus qui

avait prêté l'oreille donna essor à sa férocité: « Eh,
eh, il va boire, il va boire ! Les petits poissons
joueront à cache-cache dans ses boyaux. »

Mais d'une voix éclatante comme le gong frappé
par une main experte Ridaya annonça : « Oui !
La brise que voici, variable ! Voyez donc la sampane déviant de sa course et cela de telle manière
que sur un point déterminé elle croisera le tracé
droit que suit le nageur. »

Et Sorgoul, perspicace : « Sa chance est belle !
De la sampane on l'a guetté. Ils rament vers lui.
Voyez c'est son salut immérité. »

Bachas ferma les yeux ne voulant plus voir :

« Enfer des Eaux, dit-il solennel, que tu sois
maudit qui n'engloutis pas l'ennemi lorsque l'ami
t'adjure. » Il s'arracha des poignées de cheveux, ne
pouvant plus se lamenter avec dignité. Les autres
aussi se taisaient, assistant avec rage à l'évolution
de la sampane sur laquelle Ségalomis et ses camarades hissaient Moonir triomphant et faible. Ridaya
parla, négligeant la foule : « Le vent variable les
favorise ; ils sont hardis. Déjà les voilà qui repar-
tent, la proue tournée vers la courbure de l'horizon
qui devant eux longtemps fuira ! »

Puis tandis que Zebouka se penchait vers Sor-

goul, disant : « Nous ne les reverrons plus ainsi.
Pourquoi cela cause-t-il telle fureur ? Ton père
s'en plaindrait à peine ! » Bachas reprit : « O rage
des rages ! Cette femme avec moi fut fausse, et à
présent ne triomphe-t-elle pas ? Après m'avoir pro-
curé la joie, de moi elle n'a plus cure. Et cette
sampane était mon bien. Les étrangers me l'ont
enlevée. Cela encore est sa faute. On me le disait
jadis: Ségalomis que j'ai hébergée trahissait la
plupart de ceux qui la choyaient. Je ne veux pas
être leur pareil. Je la renie. Ecoutez, gens amis,
je la renie et je la chasse. Elle a laissé voler
mon bien. Par elle, il arrivera que ceux de Ne-
lombome tourneront en ridicule comme si j'étais
un vieillard ne sachant se défendre. Malemort et
damnation sur cette femme que je croyais m'être
dévouée ! »

Ne sachant plus se maîtriser le cabaretier allait
de l'un à l'autre, se conduisant comme un dément :
« Que deviendrai-je, ridiculisé, n'ayant plus ce
dont je tirais mon orgueil, même plus une femme
attachée à moi par des liens coutumiers ! »

Gardehaus, assis par terre, vomissant sur ses vêtements, lui dit avec nonchalance : « Sois plus raison-
nable, brave ami ! Le vent peut leur devenir contraire.

Tant de fois cela s'est vu... ils rentreraient au port.

— Par ses discours elle nous a affaiblis. Ils reviendraient, que ce serait pour nous perdre par des maléfices, pour nous faire mourir.

— Ton esprit s'égare, riposta alors Doumer. Si ces étrangers sont astucieux, ne sommes-nous pas vaillants et braves ? Aguerris-toi, mon ami ! Prends exemple sur toutes ces femmes... Gleubba me remplit de courage, ma fille est toute joyeuse ! Le départ de ces marins criminels les comble d'allégresse. Qu'en importe le prix ! Chacun à son tour paie. Telle est la vie.

— Les plus heureux, marmonna Zebouka, sont ceux qui acceptent avec calme les malheurs venant avec les jours. »

Les yeux clignotant de Sorgoul semblaient dire : « Pourquoi s'attrister ? Les malheurs ne sont-ils pas mérités ?

— A cause de vous mon trouble s'accroît, gémit Bachas ; qu'ai-je fait, ô providence incompréhensible qui me laisses abattre, moi dont les exigences sont si modestes... Elle s'éloigne, ma Sampane, je l'aperçois progressivement plus petite... déjà je ne puis plus distinguer Segalomis, qui, cependant... tantôt...

— Allons! Oublions ceci. Venez tous, car il faut consoler Bachas, c'est un bon devoir. »

C'était Doumer qui les exhortait, mais personne ne faisait mine de le suivre. Ridaya parlait tout bas à Ala-Ala et Kiparra, mais ses paroles n'avaient de signification que pour elle-même, car tout à coup elle ne savait plus si elle regrettait les matelots du *Leakington* ou si elle devait se réjouir de leur départ. Kiparra, assise, le dos appuyé contre les débris d'un roufle renversé dit sa pensée aux autres : « Je puis prédire, moi vieille, autrement.que vous deux : ici rien ne changera, que Bachas ait perdu la sampane, que Segalomis se soit enfuie !

» Sans grand retard on verra Gleubba prendre sa place. »

L'agitation s'était apaisée, durant une seconde le silence pesait sur tous quand soudain le cabaretier pris d'une fureur désordonnée, leva de nouveau les deux poings et s'en fut vers Knippus et Coithor qui allaient partir.

« De ceci, cria-t-il, vous deux êtes les instigateurs coupables ! Les premiers vous avez connu ces marins audacieux, prompts toujours à délier vos langues pour blâmer ou pour railler. Ils se sont jugés supérieurs à nous sur vos dires.

— Ah ! je vois comment tout a pu être machiné par des marchands ardents au lucre, négligeant tout hormis l'intérêt de l'heure. »

Coithor s'en défendit : « Il te faut donc quelqu'un qui portera le poids d'une faute incombant à celle qui fut ta confidente, à Segalomis seule.

— L'ingrate, elle les a au moins suivis. Vous autres, instigateurs sournois, méritez un châtiment sévère.

— Distraction, gaieté, scandale ! Approchez tous, car voici un cabaretier amène qui se démène, pris de fureur à nous vouloir casser en maints morceaux. Riez, camarades ! » C'était Knippus qui ripostait ainsi. Bachas saisit le marchand de fruits à bras-le-corps : « Stupide figurant. N'ayant l'air que de faire commerce en riant ; personne n'a jamais su ce que tu perpétrais. Réponds ! Parle, scélérat ! Que m'as-tu voulu voir frustré ? »

Coithor et Knippus se dégagèrent et Gardehaus qui, maintenant se tenait droit et grave à leurs côtés, intervint disant : « Ta violence brusque, née de mécomptes inattendus, n'a plus pour elle de bonnes raisons. Ami des matelots ! Tu dois avouer que tu as glissé sur tes propres pièges. Soyons à cette minute plus modestes. C'est sagesse. »

Il paraissait en parlant presque pondéré ; Doumer
l'injuria : « Que vient nous dire cet ivrogne ? ami
parasite d'hier et de longtemps, parlant comme si
Bachas n'avait pas bien agi. N'a-t-il donc pas été
juste en toute son entreprise afin qu'elle pros-
pérât ! »

L'homme dégrisé haussa le ton à la manière de
ceux qu'une injustice frappante révolte : « Je ne
suis pas ivre, et vos querelles ne sont pas les
miennes ; je suis fidèle à tous ceux qui ne viennent
pas de loin troubler notre paix. Mais dans sa fureur
Bachas s'affole. Pourquoi s'en prend-il à ces deux
marchands qui se contentent de vanter leurs den-
rées et, comme lui, de gagner ce qu'il leur
faut ?

— Jusques à toi qui a vécu à mes dépens, s'écria
alors le cabaretier, toi que j'ai nourri et abreuvé,
dormant dans ma maison, vivant près de moi ; tu
n'as pas honte de réprouver ce qui paraît à moi
bon et juste ! Traître au cœur vendu ! Buson !
Vomis ton abjection sur toi-même. Je te méprise.

— Maître de maison, barbare et brute, qui ne
supportes pas d'être dissuadé de ce qui est odieux.

— Tais-toi. Tout souillé de boisson que je te
connais, tu m'as livré, trahi... oui, c'est toi, ami

que chacun en passant achète, toi-même qui as voulu me voir diminué et affaibli. »

Gardehaus de ses deux mains osseuses empoigne Bachas serrant son cou avec rage : « Toujours tu as voulu être un maître, commander à ceux qui venaient chez toi. Et longtemps on a approuvé, toléré ta jactance ! »

Le cabaretier grimaçait sous l'étreinte féroce, essayant en vain de se libérer. Déjà des râles par deux fois avaient vibré dans son gosier, mais il parvint à saisir dans sa ceinture un couteau droit. Il le plongea dans le flanc de Gardehaus sans que celui-ci lâchât prise. Enfin ils vacillent au même instant, tombent, Bachas étouffé sous le corps de l'autre, le visage vert inondé du sang sortant de la bouche en un flot épais.

Tous les deux restent inertes ; les doigts de Gardehaus ne se desserrent pas encore.

La lutte a été si imprévue et si rapide que personne n'est intervenu. Cependant un silence étrange s'est fait tout autour. Les femmes demeurent immobiles, les hommes s'approchent en posant légèrement les pieds sur le sol dur de galets enfoncés.

Sorgoul et Gleubba, hoquetant toutes deux quelques sanglots pareils, se réfugient entre les bras de Doumer. Les vieilles aux gestes enfantins cherchent à répandre autour d'elles consolation et calme. Mais leurs traits ligneux ne reflètent que la mort.

Ridaya un instant penchée, curieuse, pour voir ce que sont ces deux cadavres autour desquels déjà les mouches vigilantes volètent, se détourne, sourde aux macabres plaintes qui commencent.

Devant elle est la mer.

Elle sonde et médite la coïncidence subtile entre ces corps sans vie, l'horizon que fouille son regard et une tristesse imprécise qui lui charge le cœur.

« Là-bas, sous la brume qui se dissipe devant le crépuscule ; au lieu d'ici, là-bas ! Pourquoi ? »

Un instant bref le néant obombra ainsi l'inconstance superbe.

1907

———o φ o———

Le Chérif et
l'Enchantement

A Madame J.-H. Rosny aînée.

L'Arifa, « celle qui savait », posa sur sa bouche plissée un doigt à l'ongle dur, roussi par le hennéh, et fit mine de s'avancer. De son bras court et faible, elle s'apprêta à soulever la tenture lourde devant laquelle le chérif l'interrogeait.

— Par Allah, fit-il, qu'il me fasse toujours agir avec calme et en justice! Toi, cependant, Arifa, renseigne-moi selon ton devoir et ma volonté!

— Franchis ce seuil, ensuite ma langue te parlera, murmura la vieille, et elle pénétra dans une autre salle, froide et peu hospitalière, aux yeux du nouveau maître, surpris et soucieux.

— Dis-moi, continua-t-il, devant qui tu me conduis en cet instant. Parle à présent que nous avons franchi le seuil !

Mais de nouveau, elle posa le doigt décharné sur sa bouche.

— Puisque ton office est de m'éclairer, s'écria

avec mécontentement Hamdan, je t'ordonne de
parler !

— Tu ordonnes, maître, et tel semble être ton
droit. Or, sache que tu dois, pour savoir, apprendre
par toi-même. Voici le seuil ultime devant lequel il
m'est échu de te conduire. Franchis-le délibérément. En ton propre jugement place confiance et
surtout n'écoute que lui ! Sans doute, tu connaîtras
ce que tu désires.

Le chérif saisi d'une appréhension étrange
entra.

Les coussins uniformes disposés le long des
murs étaient enveloppés de brocart smaragdin et
tissé d'or, terni par l'âge et la poussière. Hautes
d'un empan, les tables supportaient des cassolettes
et des aiguières dont les incrustations se confon-
daient avec le cuivre en une ancienne couleur
égale. Les pieds du visiteur foulaient des dalles de
marbre vieux que n'abluait aucune servante noire.
L'air stagnant avait l'odeur du gravier fraîche-
ment remué, mêlée d'un relent de bkhour, de
poivre et de rose moisie. La lueur d'une lampe,
tombant sur des reliefs de gâteaux, poisseux de
miel, les couvrait d'étincelles.

Un écœurement devant ce lamentable luxe s'empara du nouveau venu. Et il songea à l'heure écoulée. Les serviteurs d'Almançour, le maître écrasé, avaient fait leur soumission. Avec cette humilité dont toute noblesse n'est pas bannie, appelant cérémonieusement les bénédictions du ciel sur le règne commençant, ils avaient célébré les vertus des Mossanéides, flétri l'incapacité et la honte de la dynastie déchue.

Le vieillard indifférent et solennel qu'était le grand vizir, passant avec une fière lenteur les doigts écartés dans sa longue barbe blanche, lui avait dit : « Maître, que le destin de Caïumarath te soit épargné ! Le prince qui fut ton ennemi, le peu glorieux Almançour, auquel vingt ans durant je fus fidèle, n'est plus. Jusqu'aux confins du pays sans eau, ses héritiers ont fui. Mais dans ce palais demeurent sans surveillance et inconnues de nous les femmes du Tyran. Toi seul décideras leur sort. Première entre elles on dit Hakima, que nos conteurs dépeignent svelte comme la hampe d'un drapeau, montrant à ceux qui la contemplent un visage plus pur que celui de la lune elle-même ; le teint parfois se rose, mais son corps tout entier semble vêtu des neiges qui tombent contre les arbres sombres, ses sourcils des ailes immobiles sur la fleur nocturne du regard, la bouche le fruit d'un pays heureux. »

Ces paroles du vizir troublaient maintenant le chérif dur devant la vision d'une inconnue hostile, et le bonheur de vivre pour la première fois lui apparut comme un mystère.

De sa main volontaire, Hamdan toucha l'anneau ciselé d'une porte, pénétra dans une autre pièce.

En face de lui, il vit alors sur un divan, encastré dans une niche où le stuc blanc formait des grappes cristallines aux facettes évidées, géométriquement harmonieuses, une femme comme une péri perverse étendue.

Il frissonna. Bien qu'une étoffe de Mossoul la voilât jusqu'à hauteur des yeux, une bande de front ivoirin et mat disait sa destinée. Lasses, les paupières pourtant merveilleusement l'attiraient.

Le nébi des Mossanéides, muet, retint son haleine, puis inconscientes, ses lèvres murmurèrent la formule conjurante, naïve : lâ bess, lâ bess, jadis apprise.

L'air était tiède et lourd. Quand la femme enfin dévoila la profondeur d'un insondable regard, penchant, si peu, sa tête fine, il ressentit une angoisse, non odieuse, mais douce.

Elle lui parla :

— Je suis Saïda... grâce soit rendue à la clémence divine puisque tu es parvenu jusqu'à moi dans cette demeure maudite.

« Mon maître d'un instant, je t'ai tant attendu. A présent, mon heure est imminente. Nul ne connaît Saïda, que frémissants les poètes chanteront jusqu'à la fin des siècles lourds. Mon sort est écrit. Pour moi, bientôt elle ne sera plus rien, cette terre qui fait gémir les êtres et germer les fleurs splendides. Les pas des hommes useront le marbre pendant qu'au dehors les oiseaux continueront leurs roucoulements, des lits s'ouvriront aux mâles, comme toi sans doute, avides, et les lèvres des femmes boiront la volupté, tandis que la lune argentera les cascatelles du jardin et qu'aux portes la brise fraîche de l'aurore agitera les étoffes suspendues aux tailloirs des chapiteaux.

» Mais moi je serai partie, ma chambre sera vide, ma couche une chose d'horreur.

» Irrémédiablement le poison a ravagé mes veines...

» Voici ma joie ! Je sais que tu me béniras plus tard. Aux sombres jours, quand l'adversité te guettera ou que les œuvres lentes des fourbes te

révolteront, alors tu sauras toiser cette minute.
Pour toi, lorsque t'appauvriront les choses de ce
monde vil, qui aux mortels donnent une mortelle
satisfaction, je serai toujours présente. Le dégoût
te sera épargné, puisque, durant ta vie entière, tu
attendras ma chaude étreinte. Sache que j'ai
enchanté ta vie et qu'éternellement tu me devineras,
quand même mon front soit pur, que nul n'ait
savouré mon miel.

» Déjà, hélas, le monde de la mort m'entoure,
mon cœur est las... Tu me verras mourir.

» Dans mes yeux que je t'offre, dans mes yeux
aux lointains reflets, lis ! Bois la volupté divine, l'enchantement sublime que tous les êtres t'envieraient.
Poursuis l'énigme derrière ma nébuleuse pupille !
Puis clos sur la scintille ! Nul autre que toi ne doit
la voir. Regarde mon âme, regarde le bonheur ! »

Sa poitrine se soulevait en langoureuses sac-
cades et ses paupières, bleues de koheul et mori-
bondes, devinrent glacées.

Une fois encore, les khal-khals d'or de ses che-
villes s'entre choquèrent et leur tintement était le
glas.

Hors de cette chambre, les premiers pas du
Mossanéide furent chancelants. Comme une ivresse

l'enveloppait, sans l'atterrer, puisque d'un rêve il fit sa force.

Il arriva dans une salle vaste, hexagonale, où la poussière avait encore vaincu l'éclat des moulures d'argent sertissant les glaces des parois percées de portes hautes. Deux femmes semblaient l'attendre, en tourment fugitif auprès du grand mystère.

Une étoffe de sammit, amarante, vêtait l'une, et ses nattes blondes s'enroulaient contre sa nuque en un disque d'or démesuré. L'autre avait noué sur ses cheveux châtains un mouchoir de soie blanche ; ses vêtements de nuance ambrée moulaient un corps de forme parfaite. Seul son maintien parlait de puissance ; son regard était placide.

Le chérif crut voir en elles deux belles esclaves. Néanmoins son trouble augmenta. L'appartement, les choses, les êtres, tout lui était inconnu et mystérieux.

Avant qu'il eût ouvert la bouche, la femme aux yeux placides le salua ainsi :

— Le bien soit avec toi ici, que sous ce toit tes jours s'écoulent heureux ! Mossanéide Hamdan, si c'est toi !

— Je suis lui, répondit-il, que la bénédiction soit

votre partage, dans ce monde et dans l'autre. Dites
où se trouve Hakima, votre maîtresse !

Il s'attrista, songeant soudain que cette pensée
vers l'introuvable malgré lui le tenait dans son
étau. Pourquoi lui avait-on décrit cette femme?
Pourquoi errait-il cette première nuit à sa
recherche?

— Nous ne connaissons point de maîtresse, ni
celle dont tu nous parles.

— Cela est au delà de la compréhension, fit-il
doucement. En ce palais, tantôt, on n'a parlé que
d'elle.

— Pourtant devant nous le nom d'Hakima ne
fut jamais prononcé.

— La favorite d'Almançour... rien donc de ce
que dit le vieux vizir n'existe. Qui l'a trompé ?

— Et c'est toi que cette erreur confond ! En
vérité depuis que jeunes encore nous fûmes ravies,
depuis trois fois vingt lunes et plus, nous n'avons
été ici que trois ! Nous que tu vois et Saïda, la
parfaite.

La vision de cette femme dominait son âme :

— Elle était là... son ombre m'effleurant partit...

— Certes, d'entre ces murs un ennemi affreux
nous persécute. L'air porte en lui un poison mortel.

Quelqu'un travaille à notre mort. Il n'est pas de nuit que la menace nous laisse en paix, mais l'habitude de craindre est si grande que nous n'en parlons plus.

La femme aux cheveux de soleil ne fit pas un geste. Enserrée dans une mante de songes précis, de sous ses longs cils teints, elle observait Hamdan. Le souvenir récent gardait celui-ci.

La brune aux yeux placides murmura :

— Qu'elle soit en paix, et que le nouveau maître puisse penser aux vivants !

— Je cherche Hakima, répondit-il, et sa parole fut impérieuse, même rude, malgré les fragiles pensées absentes ; dites-moi où elle se trouve !

— En nul endroit que nous connaissons. Mais voici la salle aux six portes closes. Viens, cherchons tous les deux, afin que tu sois satisfait.

Agile elle enjamba les coussins, puis une à une les chambres contiguës furent visitées. Hamdan aussi parcourut les alentours. Tout était désolé.

— Hakima n'existe qu'en la fantaisie des hommes fourvoyés...

Alors le silence vint plus froid dans la vaste salle froide, jusqu'à ce que le chérif reprît :

— Que désirez-vous de moi ?

— Nous sommes sultanes, sauf toi chacun ici nous doit service. Mon nom est Chghila, je suis franque et n'ai au monde qu'un désir. Que me fait ce que devient de Marrakech ? Que me fait que tu sois maître ou le vieux tyran ? Quoique sultane, ne suis-je pas prisonnière ? Qu'importe ici ma vie ? tandis que dans mon pays je pourrais être grande, aimée pour moi-même. Là, je triompherais. J'en ai soif, car je suis ambitieuse. Pourquoi ne brille-rais-je pas au milieu des êtres qui pensent et qui ont besoin d'agir ? Agir, progresser grâce à l'effort, ces mots sont dans mon âme, et elle étouffe ici.

— Va, prépare-toi à la liberté, et que tu sois victorieuse !

— Tu veux partir sans moi, s'écria sa compagne. Son regard miroitait comme une lame de Damas pour s'apitoyer ensuite sur le visage de l'autre, dur d'énergie. Où iras-tu ? Dans les pays où une fois l'an le ciel est bleu, où pour rêver il faut d'abord manger, où la misère est plus cruelle que la mort.

« C'était donc vrai que tu haïssais Moghreb, et la douceur de ses jardins qu'éclaire le croissant du jeûne ! Comme je te plains, ma sœur. »

Mais Chghila ne savait s'attarder.

« Prince ! je suis Celte », continua l'aurée.
« Dans notre morne campagne où je naquis, dès
ma sixième année je fus trouvée belle. A quinze
lieues à la ronde on parlait de moi. Je n'ai su cela
que bien des lunes plus tard, quand des gitanes
m'eurent enlevée. Ils m'ont traînée partout, de
Pampeluna à Coruna, de Saragossa à Toledo,
de Granada jusqu'ici, où pour une forte somme je
fus enfin vendue.

» J'avais onze ans et déjà les regards des hommes
avaient en me touchant l'éclat des clous de fer, par
la morsure du feu lazuléens.

» Depuis lors je vis sans vivre, ici même. Ne me
chasse pas !

» Tu connaîtras ma puissance. A nous deux nous
vaincrons. Quels maléfices pourraient nous nuire ?

» Je suis Margiane, la Coralienne. Combien de
fois la nuit quand mes compagnes dormaient évo-
quai-je ici les joies absentes.

» Le monde, certes, est lointain et vain. Mais tu
verras ! Par moi tu oublieras la gloire.

» Par Kaf, et le cercle de ses monts, je veux
montrer que sans les djinns, sans vin, sans drogues,
sans plantes dont la fumée excite aux rêves, sans

tout mensonge amer, je puis aussi agir, mieux que les venimeux qui aisément triomphent.

» Regarde autour de nous, là, sur ces murs ! Tu vois cette nappe d'eau étroite qui perle le long des glaces polies. »

Margiane s'était glissée derrière le chérif. D'un geste veloce elle sut défaire sa crinière de soleil, puis rejetant ses cheveux épars en un rideau d'or tamisant l'image, elle répéta : « Regarde ! Ces arabesques et ses volutes deviennent des gemmes qu'une triste lumière de nuit fait resplendir. Tu les possèdes maintenant ! Regarde notre ciel aussi. Cette demeure est creusée dans un diamant à mille facettes et une, magiques. Tourne ton visage vers les cascades qui mirent toutes ces lignes... » Prodigieusement preste elle délaça son ample robe. L'or de sa chevelure brillante ombra un corps pâle. Alors contrefaisant la voix elle dit : « Je puis tout. Je puis être celle que tu as cherchée. Je suis, quand je veux, Hakima, l'amante des sages, la mystérieuse et multiforme, la pure. »

Elle vint plus près, approchant de lui ses lèvres de désir.

« Maintenant connais mon corps de buis comme tu connais ma puissance. A toi le don de mes joies.

Sois confiant et sache que seule je ne trahis point, bien que mon nom soit Margiane. »

— Il signifie, soupira le nébi des Mossanéides, ce que redoutent les perspicaces et sages.

— Quelle cause de ce tourment inutile ? Ne suis-je pas proche comme ton espoir et plus !

— Mon cœur, dit-il, frémit par besoin de toi, et cependant...

Quand il se fut libéré de l'étreinte, langoureuse d'une lente joie perfide, elle répéta :

— Quelles sont, par Kaf, ces pensées tristes ?

— Je songe, vint lourdement en réponse, à Saïda qui n'est pas de ce monde.

Puis, d'un pas incertain, Hamdan quitta la salle, sortit seul au jardin. Et l'ombre de la nuit s'élevait dans l'espace. Les clartés de l'aube glissaient parmi la végétation bizarre, enchevêtrée sur l'herbe des sentiers où les fruits tombés des branches jonchaient le sol. Tout près d'un escalier jauni, tels des lianes les rosiers s'enroulaient aux troncs d'amandiers gris. A sa droite des citrons mûrissaient tandis que beaucoup plus loin vivaient tranquilles les figuiers d'Inde et quelques oliviers. Dans les canaux l'eau claire dormait, réfléchissant les ramilles vertes. Mais au-dessus les feuilles des caroubiers luisaient opaques dans leur viridité diverse, ou bien flétries, d'ambre, de rubis et de rose topaze. Symboliques, les roseaux du surnag tendaient vers les murs blancs leurs corolles, et le parfum des jasmins fragiles montait des buissons.

Une douleur de défi enivrait le maître de cette solitude heureuse. Au bout d'un temps, inaperçu, comme il avait quitté son palais il quitta le jardin.

C'était l'aurore d'un jour de faste. La ville de Marrakech était en fête. Les maisons basses brillaient comme de blancs émaux, et les bannières couleur de sang jaillissaient des murs baignés de chaux. Les habitants tôt désertaient leurs demeures. Dans les rues étroites, le peuple remuait, en proie à une fièvre mi-religieuse, mi-guerrière, emprisonné contre les rayons du soleil levant sous des treillages couverts de plantes grimpantes, de vignes vieillies avides de renaissance.

Le chérif distrait marchait parmi la foule matinale.

A l'entour des boutiques, où flottaient de souples rideaux protecteurs, les essaims de mouches attaquaient les mules et les ânes qui s'approchaient, convoiteux. Dans les recoins, des hommes accroupis, paraissant ignorer la fête, fumaient béatement, et les âcres bouffées du kif annihilaient les senteurs sucrées, africaines, des étalages d'épicerie.

Les marrakchis se donnaient des airs de maître, tout comme les riches marchands de Fez. Pourtant les étrangers étaient là en nombre. Les fidèles, les sages, les exaltés, tous les habitants de la capitale, tous les tributaires voulaient acclamer le vainqueur du tyran, le nébi des Mossanéides adversaires d'Almançour, Hamdan fils d'Embarek Chérif. Celui-ci se dissimulait, craignant d'être reconnu par les gardes aux casques légers, à boucliers de cuir fauve, aux dagues attachées à la ceinture avec des cordons de soie, épais, de la couleur des Ommiades. Il réussit à se glisser derrière un groupe d'ama- zirgues, aux cheveux blonds, à la barbe rare, le sac en peau de chagrin ballottant sur le ventre. Mais des schelloks, guerriers qui prisent la mort, lui bar- raient le chemin. Et il dut se faufiler à la suite d'hommes vêtus de noir, pieds nus, échangeant des saluts timides en détournant la tête. C'étaient des adorateurs de Jahvé. Il les suivit. Les musulmanes dignes passaient enveloppées de hayeks blancs, et tout ce qu'on parvenait à distinguer de leur per- sonne était un bijou, une fibule, une grande épingle brillante, ou bien le collier de merisier, don d'un·mari ardent. Seules les vieilles négresses, drapées d'étoffes bariolées, laissaient voir leurs figures repoussantes. Quelques-unes déjà s'apprêtaient à dire la seconde prière et on les entendait avec douceur dévote murmurer les sept noms de Dieu qui correspondent aux sept lumières et aux sept cieux : Allah, Houa, Hak, Haij, Quaïoum, Alem, Kahar.

De certain côté, là où coulait près de l'enceinte fortifiée une rivière bouclante, les femmes s'assemblaient nombreuses comme un vendredi au cimetière parmi les pierres tombales aux coiffes de marbre qui s'effritent sous les frênes pleureurs. Jusque sous les remparts les flots de cette rivière au cours mélancolique mouvaient déjà des ombres allongées, tombées aux pieds des palmiers.

Sans penser, longtemps, Hamdan avait marché, contournant les murs pour évider le guet. Qu'était-il donc arrivé ? Pourquoi ces gens attendaient-ils ainsi un homme ? Un nébi victorieux, lui ? Il allait bien quitter la ville maintenant comme il avait quitté le jardin, le triste palais ! Il songea à sa jument sans tache, de pourpre largement chabraquée, qui l'attendait. Ce peuple farouche, soumis, trouverait des maîtres à sa convenance. Il avait vécu, lui ! Très vite, une nuit vide, mais remplie.

Il songea encore. Quelle était cette Hakima, favorite imaginaire qu'en vain il avait cherchée ? Renon-
cerait-il à le savoir ? Ce mécompte de nuit étrange,
Margiane l'avait-elle fait oublier ou non ? Puis
doucement s'étendait devant lui une vision : Saïda
au seuil de la mort le saluant, prometteuse de joie
grave que rien ne troublerait... plus tard, quand sa
pensée serait raffermie... ne posséderait-il pas tout,
et le bonheur très haut !

Il n'était pas las de marcher, au contraire. Sans
y faire attention le chérif pénétra dans le village,
juif, maudit, le faubourg sordide rempli de
mystère.

Les adolescentes se tenaient assises dans le vesti-
bule de leurs maisons aux portes grand'ouvertes.
Elles avaient revêtu leurs robes les plus fastueuses
et les plus seyantes, des robes de mère qui ren-
daient les jeunes filles plus troublantes par l'évoca-
tion très suave des rites espérés. Les faldetas
qu'elles portaient avec une grâce nonchalante jetaient
aux passants leurs couleurs somptueuses.

Le regard de Hamdan s'attarda soudain, capté
par une punta magnifique, lacée d'or sur une poitrine pleine et arrondie, laissant voir la chemisette
de gaze fine, toute pointillée de fleurs, d'où

sortaient, très blancs aussi, les bras nus jusqu'au
coude. Mat et laiteux était le teint sous la chevelure
à longues tresses. Une sfifa, diadème lunaire, cei-
gnait le front de cette inconnue. Attendait-elle
l'époux promis, la paix d'un voluptueux destin,
entrant dans cette rue ou seul maintenant il la
voyait ? Sans doute, puisqu'elle était si fraîche,
de jeunesse mystérieuse. Hamdan la regardait
toujours. De grands yeux, inertes comme l'aimant,
d'une force plus grande que celle de sa volonté,
acceptaient les siens. Et d'un féminin sourire fait
de tendresse réservée, elle salua en maître ce passant. Il eut honte devant son âme, la honte
suprême. Hagard, il se détourna, puis courbant la
tête sous une peine trop pesante il fuit.

La vie semblait lui donner la chasse. Il prit le
chemin longeant le mur de Marrakech et, à
quelque distance du mellah, se dirigea vers le
Nord.

Comme il parlait tout haut à présent, s'enivrant
de douleur, les passants joyeux des chemins le
regardaient avec étonnement. Il arriva que certains
lui adressèrent la parole.

Alors il éleva la voix, s'écriant : « Vous êtes tous
damnés. Prenez garde ! Détournez-vous comme

moi des fallacieux sourires ! Détournez-vous du Néant, des vertus, de vous-mêmes ! Détournez-vous d'Allah ! Car tout ce que vous adorez n'a qu'un nom ; joie : faiblesse ! vertu : faiblesse ! Allah : faiblesse ! Seule la faiblesse en vous-mêmes triomphe. Une étincelle maudite anime vos cœurs. »

Voyant que par les décrets divins le solitaire qui leur parlait ainsi s'était égaré vers les régions où vivent d'une harmonie fatale les insensés, tous s'écartèrent de lui en prononçant les justes formules.

1905-1909.

—o✿o—

Achevé d'Imprimer

le 25 novembre

MCMX

par

Jouve et Cie, a Paris

pour

Eugène Figuière & Cie

Éditeurs de la Collection

ŒUVRES ET JOURS

———

BIBLIOTHÈQUE FIGUIÈRE

COLLECTION " ŒUVRES ET JOURS "

ALEX. MERCEREAU. — *Les Contes des Ténèbres.* 3 fr. 50
GEORGES DUHAMEL. — *Selon ma Loi.* .... 3 fr. 50
CHARLES VILDRAC. — *Livre d'Amour.* .... 3 fr. 50
JULES ROMAINS. — *Paissances de Paris.* .... 3 fr. 50
PIERRE JAUDON. — *Dieudonné Tête.* .... 3 fr. 50

COLLECTION " ORPHÉE "

JACQUES ESTARVIELLE. — *Vers la Sagesse.* 3 fr. 50
M.-C. POINSOT. — *La Joie des Yeux.* .... 3 fr. 50

A paraître :

JACQUES FRÉHEL. — *La Guirlande sauvage* ... 3 fr. 50
HAN RYNER. — *Le Fils du Silence* .... 3 fr. 50

BIBLIOTHÈQUE DES XII

Cette collection, exclusivement réservée aux abonnés pour son tirage de luxe, à raison de 30 fr. sur simili-hollande, 100 fr. sur hollande, 150 fr. sur japon, comprendra un volume par mois. Soit pour la première année (Saison 1910-1911) :

Parus :

HAN RYNER. — *Le Cinquième Evangile* .... 3 fr. 50
JACQUES NAYRAL. — *L'Étrange Histoire d'André Léris* .... 3 fr. 50

A paraître :

RENÉ ARCOS. — *Ce qui naît.*
G. CLOUZET. — *Jeanne Moreau.*
Et des œuvres de M.-C. POINSOT, SÉBASTIEN VOIROL, VALENTINE DE SAINT-POINT, GEORGES DUHAMEL, CHARLES VILDRAC, ALEXANDRE MERCEREAU, etc.

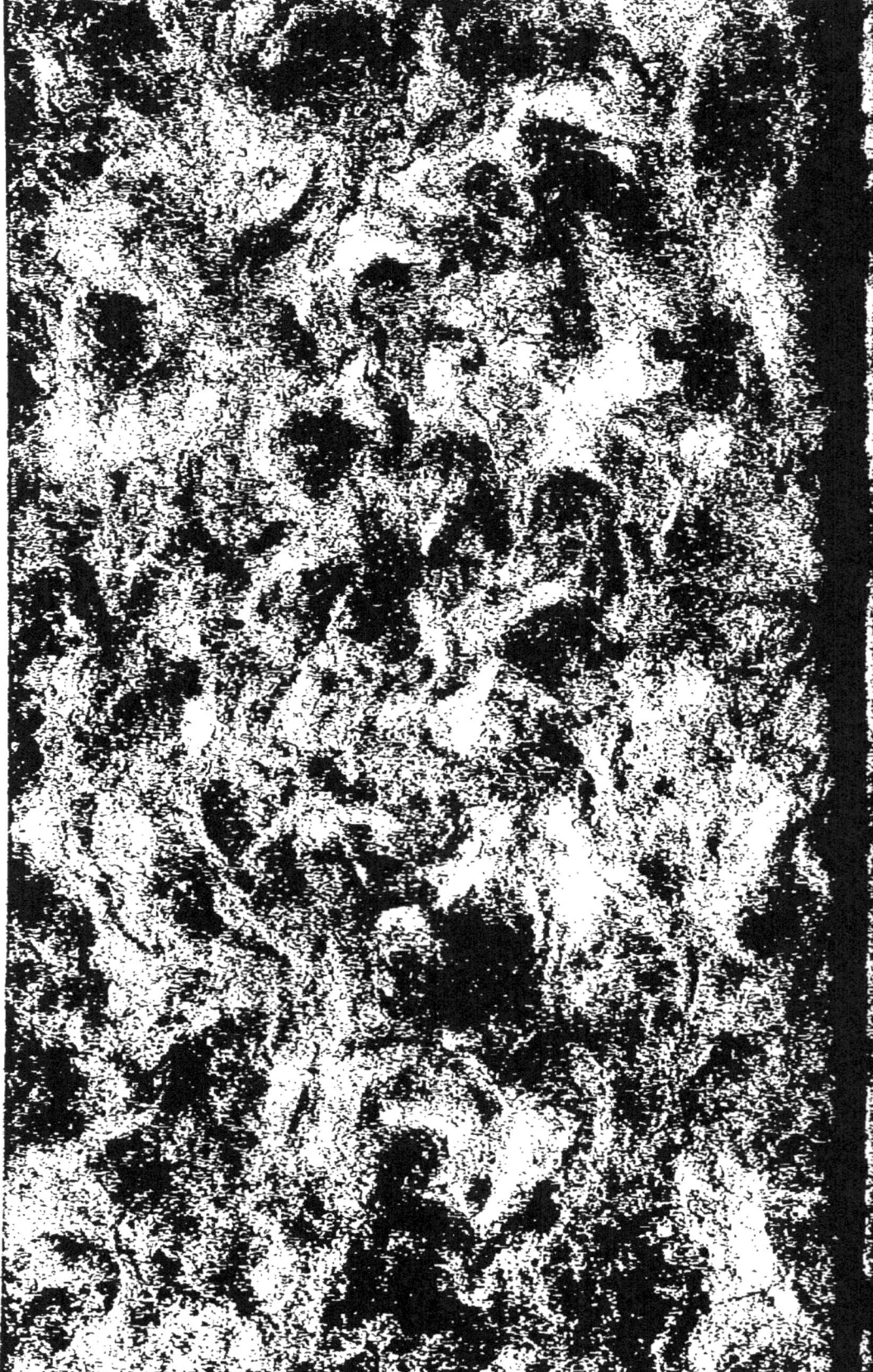

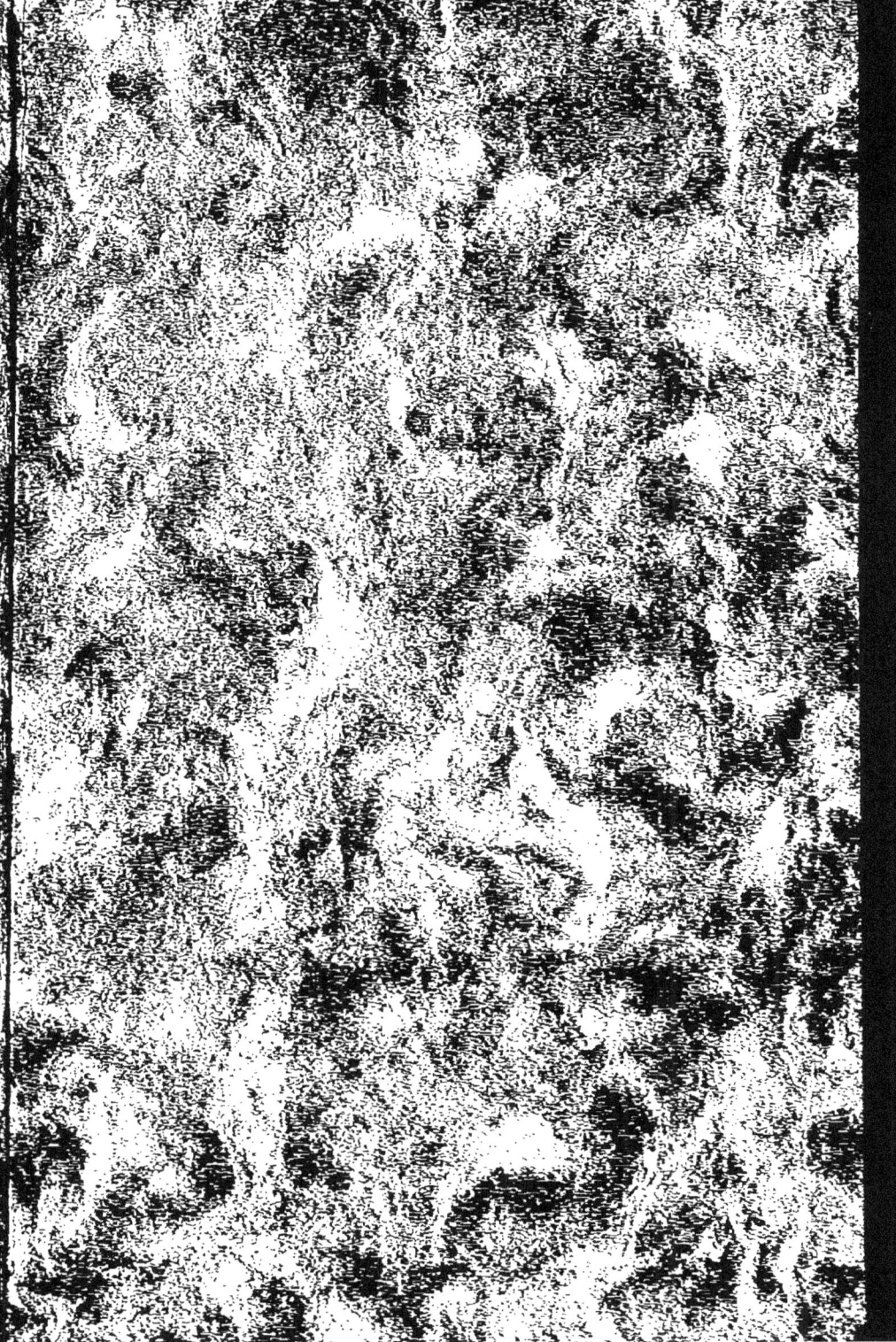

www.ingramcontent.com/pod-product-compliance
Lightning Source LLC
Chambersburg PA
CBHW051819020726
47502CB00005B/1529